ファミリーランド

澤村伊智

角川ホラー文庫
23302

目次

今は滅びた星の光へ

コンピューターお義母さん

○一

すっかりなまくらになった野菜包丁に全体重をのせてカボチャを切る。どすんっ、と物騒な音とともに、まな板の上のカボチャは真っ二つになった。更に半分に切る。四分の一のカボチャを四つ、年季の入ったポリラッパーの台に置いてフィルムでぴっちり包んで、錆(さび)の浮いたシーラーで値札を貼る。98円ぺたり、98円ぺたり、98円ぺたり、98円ぺたり。

カゴ付きの台車にそっと載せる。台には切り分けたキャベツとレタスが山盛りになっている。最後に載せたカボチャ1／4が、野菜のピラミッドの上でバランスを崩す。

素早くカボチャ1／4を押し止めたのは、遅番の佐川千春(さかわちはる)さんだった。ちょうど来たところなのだろう。まだ作業服——青いジャンパーを羽織っていない。ぱんぱんに膨らんだトートバッグを提げている。

時計は五時を指していた。

「すみません」

わたしが詫びの言葉を口にすると、佐川さんは「セーフ。危なかったね、恵美さん」と笑いながら、野菜のピラミッドを均した。

「出すのやっとくね、これ」

「えっ、でも」

「後は遅番に任せたらいいよ」

佐川さんは笑みを崩さず、「残業代なんて出ないし」と朗らかに言った。

奥の更衣室兼休憩室で彼女はテキパキと着替えを済ませ、「じゃ、おつかれさま」と颯爽とバックヤードを走り抜ける。わたしはその背中に「ありがとうございます」と声をかける。職員出入り口で彼女は一度振り返り、にこやかに手を振ってから店内へと消えた。

わたしは溜息を吐いて、のろのろと帰り支度を続けた。

佐川さんは頼もしい。「くらしマート」でパートを始めて二年経つのにヘマばかりしているわたしを、彼女はいつもフォローしてくれている。感謝している、ありがたいと思っている。

でも五時で切り上げてさっさと帰りたいわけではない。というより帰りたくない。

家のことを考えるだけで憂鬱になる。

家でしなければならないことはたくさんあると分かっていても。夫や息子と過ごす時間、それ自体は楽しいと思っていても。

義母の「いる」家に帰ることを想像するだけで、わたしの気力と体力は削り取られていった。


遅番の先輩たちが続々とやってくる。挨拶しながら着替えを済ませ更衣室を出ると、書類が山と積まれた二畳ほどの狭い事務室でタイムカードに打刻する。カードをリーダーに通すと、ピピ、ガリガリ、という機械音とともに、今日の日付のところに退勤時刻と勤務時間が記入される。黒い点で書かれた読みにくい数字が。

アナログすぎる、とわたしは心の隅で呆れた。まだ紙で労働時間を管理している。リーダーは金庫のように四角く分厚いし、カードも黄色とオレンジの厚紙だ。二十年前——わたしが高校生だった頃とまるで変わらない。今ならタブレットで管理できるはずだ。専用アプリを使えば簡単に。二度目の東京オリンピックが終わって随分経っているのに、この店は旧態依然としている。管理だけでなく仕事の内容も。一般的な家庭の方がはるかに進歩しているくらいだ。

タブレットで家の冷蔵庫の中身を確認する。内部センサーがアプリで連係しているので野菜室にどれだけ、冷凍庫にどれだけ、それ以外にどれだけ入っているかが分かる。野菜室がほとんど空だった。

店内で買い物をして、わたしは「くらしマート」を出た。野菜コーナーの佐川さんにもう一度お礼を言うと、彼女は「いいって。おつかれ」とニコニコしながら答えた。夕暮れの国道沿いを歩いていると、冷たい風が身体に染みる。両手に提げたビニール袋が重い。空腹で頭がぼんやりする。まだ食べる元気はあるから大丈夫だと自分を奮い立たせて、わたしは「よいしょ」と袋を持ち直した。

住宅街の真ん中。二階建ての我が家の前でわたしは呼吸を整える。一昨年に建てたばかりの新築だ。隣の家よりも新しく、洗練されたマイホーム。でも中身は隣より古臭いだろう。

用を成さない形ばかりの門を抜ける。三段上って玄関ドアの前に辿り着く。息子は――健斗は帰っているらしい。二階の窓から明かりが漏れていた。

動きと体温を感知すると自動で点灯するはずの玄関照明は、案の定点かなかった。故障ではない。誰の仕業なのかは考えるまでもなかった。

荷物を下ろしてバッグからカードケースを取り出し、ドアの横のセンサーにかざす。ピ、と音がしてセンサーのライトが青く光る。きゅいい、と鍵の回る音が続く。すぐにまた鍵の回る音がして、カチン、と開いたはずの玄関がロックされた。

今日もか。脱力感が沸き起こった瞬間、バッグが震えた。タブレットだ。これもいつもと同じ流れだ。バッグから引っ張り出したタブレットの液晶には、こう表示されていた。〈石嶺咲子さんからメッセージが届いています〉と。

義母だ。わたしはうんざりして液晶を叩いた。

〈パートご苦労様です。今日も遅かったですね。健斗がお腹を空かせています〉

嫌味以外の何物でもない文面が表示された。短く簡潔にまとまっていることすら神経に障った。

〈すみません、夕食の買い物に時間がかかってしまいました。気を付けます〉

わたしはそう返す。五秒と経たずにタブレットが震え、返信が届く。

〈食料の買い出しは週単位で計画しているのでは？〉

続けざまにメッセージが届く。

〈先週木曜にあなたはそう仰っていました〉

また届く。

《――すみません、買い出しは週単位で計画しているので、買い足すとなると家計的にも――》

わたしは思い出す。家の食事にあれこれ口を出されたので思わずそう送ったのだ。実際には「計画していなくもない」程度で、そこまで厳密ではない。ただ彼女を黙らせたかった。その時はすぐに引き下がったのでホッとしていた。逆襲してくるとは想像もしていなかった。

〈緊急に必要な食材が発生した、恵美さんが事前に立てた計画にミスがあった、という認識でよいですか？〉

ダメ押しと言わんばかりの文面に、わたしは渋々降参する。

〈すみません、今度から注意します〉

〈生活費のやりくりについて分からないことがあれば、いつでもご連絡ください〉

慇懃無礼な文面。一向に慣れない。それどころか日に日に鬱陶しくなっている。舌打ちが出そうになったところで、きゅいい、と鍵が開いた。ドアを引いて片足で固定してから、わたしは腰を折って荷物を抱えて家に入った。ようやく。やっとのことで。

「ただいま」

靴をぬぎながら廊下に向かって呼びかけた。健斗からの返事はない。

センサー照明はことごとく反応せず、わたしは目を凝らして薄暗い廊下を渡り、リビングを通り抜けてキッチンに辿り着いた。

冷蔵庫を開け、買った食材を突っ込んでいると、カウンターの向こうでテレビが光った。タブレットと同じメールサービスのインターフェースが表示され、暗いリビングをぼんやりと照らす。

〈随分たくさん買ってきたんですね。思わぬ出費で家計も大ダメージでしょうし、帰

り道も大変だったでしょう。ご苦労様です〉

現れた文面を、女性の音声がなめらかに読み上げる。

わたしはタブレットのタッチパネルを叩いて〈いえ、とんでもないです〉と返信した。廊下に向かって「健斗」と呼びかける。

〈宿題をやっている最中です〉

テレビから冷たい声が飛ぶ。

〈見てあげています。恵美さんはつるかめ算は分かりますか？〉

わたしは溜息を吐いて、

〈分かりません〉

〈では夕食の準備をお願いします。適材適所、お互い得意分野で頑張りましょう〉

〈了解しました〉

〈了解？〉

〈承知しました〉

〈分かりましたで十分です。上下関係ではないので〉

〈分かりました〉

メッセージが来ない。息を潜めてテレビ画面を見つめている自分に気付いて、わたしはキッチンに手を突いてうなだれた。これだけのことで疲れ果てていた。

ピーピーと背後で警告音が鳴ったと同時に、

〈冷蔵庫が開けっ放しですよ〉

テレビがそう告げる。わたしは力任せに冷蔵庫のドアを閉めた。バンッと派手な音がして我に返る。息を殺してテレビ画面を見つめる。

たっぷりと間を取ってから、義母はこんなメッセージを寄越した。

〈ドアはそっと閉めた方がいいですね。故障の原因になります。それに健斗が真似するといけませんし〉

読み上げる女性の声を聞きながら、わたしはまた溜息を吐いた。この家には超高感度の振動センサーも付いていた。自宅が地震の被害にあった時、外にいる家族にネット経由で知らせるためのものだ。本来はそう使うために開発され設置されたものだ。嫁のドアの開け閉めをはるか遠くから監視するためではなく。

義母は関西の老人ホームにいる。

と同時にこの家にも「いる」。

ネットデバイスとアプリを駆使し、家屋と家電についた様々なセンサーから、この家のことを把握している。そして何か見つけるたびにわたしに小言を言い続けている。この家を建てて住むようになってから、今の今までずっと。

音もなくキッチンの電気が灯った。

調理が終盤に差し掛かったところで、リビングに明かりが灯った。顔をあげると、健斗が入ってくるなり、「まだ？」と顔をしかめる。

「もうそろそろできる頃だって、ばーちゃん言ってたけど」

「ごめんね、もうちょっとだから」

わたしは作り笑顔でそう答えた。健斗はやれやれといった表情でソファに転がると、手にした自分のタブレットに、

「まだだったよ」

変声期真っ只中の声で言うと画面を見つめる。義母から返信が来ているのが遠目にも分かる。おおかた表向きはお節介を詫びつつ、わたしに非があるかのようなことが書かれているのだろう。

わたしは苛立ちを抑えながら調理に戻った。

健斗と二人で夕食を食べていると、玄関の鍵が開く音がした。廊下の明かりが灯る。

「ただいま」

夫の泰明が帰ってきた。コートを脱ぎながら、「いやー、今日も大変だったわ」と冗談めかして言う。顔には疲れが出ているけれど、それでも笑顔ではある。

部屋着に着替えて席に着くと、彼は「いただきます」と手を合わせてから夕食を食

べ始めた。箸(はし)の持ち方は相変わらずきれいで、途中何度も「うまいね」「おっ、新作だね」とわたしに声をかけた。素直に嬉(うれ)しかった。

夫はいい人だ。知り合ってから今現在まで変わらず優しい。そこはよかったと思う。息子も年相応に生意気なだけで、悪い風には育っていない。経済的にも何とかやりくりできている。老人ホームの費用も払えている。

問題はそのホームにいる義母だった。

食事が済んでお風呂(ふろ)に入ると、夫はソファに座ってタブレットを触り始めた。時折メッセージのやり取りをしながら何かを読んでいる。

ソファの前のテーブルにお茶を置くと、彼は「あっごめん、ありがとう」と笑顔で言った。

「何読んでるの」

「大昔のSF」彼はタブレットを突き出たお腹に載せる。「面白いよ。細かいとこは古臭いけどさ。宇宙が舞台の壮大な話なんだけどパソコンのモニタの文字が緑だったり、フロッピーが出てきたり。超大容量でスゴいみたいな描写があるんだけど、よく読んだら五メガだった」

わたしは飲みかけていたお茶を噴きそうになってしまう。たったの五メガ。未現像の画像データなら一枚も入らない。

「面白いの？　それ笑えるって意味？」

　宇宙通信局に勤めている泰明にとっては、なおさら冗談にしか思えない記述だろう。

「まさか」彼は鼻息も荒く、「普通に面白いよ。というより凄く。宇宙とか他の星に行った人類は、考え方も価値観も全部変わる、とか。宇宙船の中ですら世代ごとに価値観が変わってくる。宇宙船ベビーはそもそも大地や地面を知らないから、例えば『地に足を付ける』って慣用句が理解できない。それに——」

　子供のように無邪気に語る彼を見ていると、だんだんと心が暗くなった。

「僕らも上の世代からけっこう言われてたよね。『彼女の実家に電話したら父親が出た。あの気まずさを知らない世代はダメだ』とか。まあ冗談半分だとは思うけど、でもこれの普及だって」

　泰明はタブレットを取り上げて、

「価値観や習慣を変えたりしたわけでしょ。ＳＦっぽくて面白いよね。普通に生きてると実感しづらいけど。技術が発展してることも、それで世の中や人間そのものが変わってることも、なかなか気付きにくい」

　と言った。わたしは「そうだね」とうなずく。

　技術がどれだけ発展しようと変わらないこともある。変化というより過激化とでも呼びたくなることがある。例えば嫁いびり。

そう反論してみようかと思ったけれど止めておいた。

○二

十分に発達した科学技術は、魔法と見分けがつかない。

昨夜の雑談の、終わりの方で泰明はそんなことを言っていた。死んだSF作家の名言だという。いや、法則だったか。

暗い部屋、ベッドの上で、わたしはその名言だか法則だかを、こんな風にもじってみる。

十分に発達した科学技術は、技術にも魔法にも見えない。ただの手段にしか見えない。

義母は老人ホームで支給されたデバイスを使っているだけだ。ネットにアクセスしていろんなサイトのテキストを読んで、様々なアプリやプログラムをダウンロードしているだけ。それを息子家族の家と家電に同期させて、わたしたちと交流しているだけだ。手紙のように電話のように。直接会って話をするように。茶菓子を振る舞うように。

デバイスにどんな技術が使われているのか、義母は知らないだろう。ネットに公開された家電のセンサーをジャックするプログラムが、誰によって作られたのかも知らないだろう。その使い方をまとめた膨大なテキストが、誰によって書き込まれたのかも。

知らなくても使えるのは、ただの手段だ。

考えているうちにすっかり目が覚めていた。隣では泰明がいびきをかいて、気持ちよさそうに眠っている。枕元の時計は午前六時を示していた。

キッチンで朝食を準備していると、テレビが点いた。

〈おはよう。おはようございます〉

〈はい。そちらはとても寒いようですね〉

〈二人目を作るのですか？〉

わたしはコンロの前で動きを止めた。フライパンの上で卵の白身が固まり始めている。

〈だとしたらとても嬉しいです。生きる気力が湧きます〉

女の声が無感情に読み上げる。わたしはフライパンの前で考える。義母のメッセージを深読みしてしまう。偶然だ、有り得ないと打ち消す努力をしてしまう。

わたしと泰明は昨夜、久々に夜の営みをしていた。義母の文章はそのことについて言っている。そうとしか思えない。でもどうやって。家の振動センサーはそこまで高性能ではないはずだ。

〈何の話ですか？〉

　わたしはそう送信した。しばらく間があって、

〈最近のベッドには体温感知センサーが付いているのをご存じですか？　使用者の体温から体調の変化を読み取る機能です。高価なものには介護にも対応できるよう標準装備されていますよ〉

　嘘だ、と否定できずわたしは目玉焼きを見つめる。マニュアルを全文暗記しているわけではないし、買う時にもその機能の有無を確認したわけではない。あったかもしれないが覚えていない。

〈既に全国でトラブルが発生しているようですね。一昨日のニュースで見ました。知らない間に第三者に、夫婦生活の周期や頻度を知られてしまう、という事件です。心配になって確かめてみたら案の定でした〉

　焦げ臭いにおいがキッチンに漂っている。慌ててフライパンを摑んで、お皿に目玉焼きを移す。背後のトースターからも煙が出ていた。焦げた食パンを大急ぎで引っ張り出していると、

〈というのは冗談です。ふふふ〉

「ふ」の音を三回繰り返すだけの不快な笑い声が、耐え難いほど耳に響いた。わたし

はキッチンの床にくずおれた。食パンが足元に転がり、焦げた屑がマットに散った。

テレビが消えると同時に、

「おはよう」

泰明が眠い目を擦りながらリビングに現れた。パンを拾い上げたわたしと目が合うと、彼は二階の気配を確かめてから、

「どうしたの。あれかな、昨日のあれで疲れたのかな？」

と、恥ずかしそうに訊いた。

わたしは覚悟を決めた。これはもう限度を超えている。

渾身の力を込めてカボチャを真っ二つに叩き切る。ガコンと派手な音がしてカボチャはまな板に転がり、乱れた心がわずかに落ち着く。わたしは大きく深呼吸して、機械のようにカボチャを切っていった。

頭の中では今朝のことが繰り返し再生されていた。

これまでの義母とのやり取り、やり口を伝え、そして今朝のメッセージをタブで見せると、泰明は「うーん」と唸った。唸り続けた。テーブルの向かいで腕を組んで上体を曲げて、わざとらしいほど困り顔をした後、彼は、

「きっと寂しいんだよ、母さんは」

と聞いた風なことを言った。わたしは大声を上げそうになるのを寸前で我慢して、

「それでも、やっていいことと悪いことが」

「実害はないんでしょ？」

　泰明は平然と返した。

「恵美の個人情報を盗まれたり、勝手にうちのカードで買い物されたりとかは」

「それはないけど」わたしはお箸（はし）を握り締めて、「わたしがイヤな気持ちになってるのは実害じゃないの？　精神的苦痛って実害のうちに入らないの？」

「それは広い心でさ」

　彼はパンを口に放り込むと、すぐに飲み込んで、

「頼むよ。残酷な言い方だけど、もう少しの辛抱だから」

と、神妙な顔で言った。わたしと母親とどっちが、と月並みなことを言いそうになって、わたしは「ふうう」と溜息（ためいき）を吐くと、彼から視線を逸（そ）らした。

　泰明はいい人だ。だからこそ老人ホームに一人寂しく暮らす母親を労（いたわ）り庇（かば）うのだろう。それをわたしにも求めるのだろう。この時ばかりは彼の善良さに腹が立った。

　大量にできたカボチャ1／4を台車に積んでいると、「おつかれさまです」と佐川さんがバックヤードに入ってきた。わたしに笑みを向けて事務室に向かう。ガリガリ、ピッ、とタイムカードの音がする。

時計は四時四十五分を指していた。まだ交代まで時間がある。

着替えて更衣室から出てきた佐川さんに、わたしは声をかけた。

「ちょっといいですか」

「うん？　野菜？」

「いえ、あの」

わたしはついバックヤードを見回してしまう。在庫を仕舞う棚。棚に入りきらなかった商品の段ボール箱が床に積まれている。頭上には店内の様子が見える監視カメラのモニタ。

特に気になるものは置かれていない。ネットに繋がっていそうなものは何も見当たらない。

「実は家のことで――」

義母の所業をかいつまんで説明すると、佐川さんは次第に真顔になった。途中でチラリと周囲をうかがう。わたしと同じことを気にしているのが分かった。

わたしが話し終えると、彼女は「うーん」と腕を組んだ。身体を曲げて考え込む。泰明とそっくりな反応だった。胸の中で不安が膨らむ。

「なるほど」と佐川さんは一度大きくうなずいた。ややあって、

「うちと一緒だね」

そう続ける。わたしは「えっ」と思わず声に出していた。

「今の家に越してからずっと。もう十年になるかな。センサーぜんぶ握られてる」

佐川さんは平然と言って、いやー大変だよねー、と困り顔で笑う。わたしは驚いたのと同時に、「よかった」とも思っていた。彼女に相談して正解だったと。

彼女は不意にピンと指を立てた。

「対策は三つあるね。まずは長期戦略。義母（ギボ）ちゃんと仲良くなること。まあ一番キレイで大人らしいやり方かな」

わたしはとりあえずうなずく。無理だ、と突っぱねるのは後でいい。

「二つ目。徹底抗戦。義母ちゃんのやり口は確かに怖いけど、弱点もある――全部記録されるんだよ、いつどこで何をやったか」

今度は力強くうなずく。確かにそのとおりだ。

「それはね、効力があるってことなの。法的にもそうだけど単純に人を説得するのにも。だから記録を取り続けて、溜（た）まったところで一気に反撃に出る。それこそ『出るとこ出る』のもアリ。こっちも勉強しないとだし、耐えないといけないから持久力がいるけど」

佐川さんは真面目な顔で、

「で、三つ目。一番よくあるっていうか、ヨメが昔からやってきた対策っていうのが」

きょろきょろと再び周囲を確認してから、

「現状維持。受け流す。だけど他所で愚痴る」

と言った。「今みたいに。というかわたしみたいに」と笑う。わたしもつられて笑い返す。

結局そこに落ち着くのか、と落胆を覚えていたけれど、打ち明けて気が晴れているのは事実だった。愚痴という意識はなかったけれど、こうして誰かに話すだけでも気分は変わっていた。

「ありがとうございます」お礼を言ってから、わたしは心を決めて、「と、とりあえず言えてよかったです。あの——ババアのこと」と言った。

佐川さんは「ははは」と豪快に笑った。

わたしはパートに出るたびに、交代前の僅かな時間、佐川さんに義母の愚痴を言うようになった。暗い話にならないように努力はした。彼女が誘導してくれているのかもしれない。愚痴を聞いている彼女はいつも軽い調子だった。

「最近どう？　石嶺さん家のコンピューターお義母さんは」

佐川さんは義母のことをそう呼ぶようになっていた。それだけで義母がマンガのキャラクターのように思えた。滑稽で馬鹿馬鹿しい、架空の存在のように。

ドアロックをコントロールされ、家中の照明を勝手に点けたり消したりされ、テレビ越し、タブレット越しに延々と小理屈を聞かされても、わたしは以前よりダメージを受けなくなっていた。疲れることも減っていた。それどころか「これは佐川さんに伝えよう！」「はい、本日の面白コメントいただきました！」と、愚痴のネタを拾うようになってさえいた。

第三の対策は本当に効果的だ。わたしはそう実感しながら、コンピューターお義母さんのオンライン嫁いびりを受け流していた。

しかし。

〈今日も一日ご苦労様でした〉

午後十時。テレビでニュースを見ていると、画面が切り替わってそう表示された。わたしはコーヒーを啜りながらタブレットに文字を打ち込む。

〈いえとんでもない。体調は如何ですか？〉

気持ちに余裕があるせいだろう。後半も素直に書くことができていた。ソファにもたれ、画面を見つめて返信を待っていると、

〈問題なく稼働しています〉

機械音声が短い一文を読み上げる。稼働とはどういう意味だろう。ここは拾うべきか。それとも流すべきか。タブレットを手に思案していたその時、

〈コンピューターお義母さんはゴールデンタイムも絶賛稼働中です〉

わたしはソファの上で背筋をピンと伸ばしていた。テレビ画面から目を逸らせなくなっていた。なぜ、どうしてと疑問が頭の中で渦巻いている。

〈くらしマート全店で〉

途中までのテキストが映し出される。次はまだか。待っている間に、背中が徐々に湿り気を帯びていた。冷や汗だ。大きく息を継いだところで、長文が映し出された。

〈バックヤードに監視カメラが設置されています。去年からです。ここ何年か、内部の犯行と思しき窃盗が多発しているためです。設置の事実は正社員しか知らされていません。緘口令が敷かれているようですが、これは退職した人間を縛るものではないようですね〉

機械音声の読み上げが追いつかないほどの速度で、テキストが次々表示される。

〈記録された映像は事務室のハードディスクに保存され、同時に本社にも転送されます。ここが極めて脆弱です。音声はありませんが、世の中には映像の口の動きを読み取って発話をテキスト化する、大変便利なアプリも存在します〉

タブレットを持つ手が震えていた。

〈全部は分かりませんよ。人物が毎度フレームにちゃんと入っているわけではないし、入ったとしても必ず口元が映っているわけでもない。アプリの精度もいまいちです。

だから時間がかかりました。念のため申し上げておくと、一連の行為は法的には何の問題もありません。あくまで個人的な興味を満たす範囲での使用に限っているので。ヨボヨボハッカーからの報告は以上です。おやすみなさい〉

テレビ画面が暗くなった。リモコンで点け直すと途端に消える。二回繰り返してあきらめ、タブレットで〈申し訳ありませんでした〉とメッセージを送信する。ヨボヨボハッカーはまさに今日、わたしがバックヤードで口にしたばかりの言葉だった。佐川さんは大笑いして、わたしもスッキリしていた。勢いに任せて何度も連呼していた。筒抜けだったというのか。あんなアナログで小さなスーパーの、バックヤードのことすら。

返信はない。〈本当にすみませんでした〉〈二度としません〉と送っても何の反応もない。謝罪の言葉を捻り出そうとして頭を抱える。どうする。どうしたらいい。

「母さん」

呑気な声がドアの方から聞こえた。顔を上げると、風呂上がりの健斗が頭を拭きながら、ドアの前に立っていた。「アイス食べていい？　学校帰った時、食べなかったし」と無邪気に訊く。我が家のルールだ。アイスは一日一個だけ。基本は帰宅後だが申告すれば夜でも可。

平静を装ってうなずくと、彼はぺたぺたと素足を鳴らしてキッチンに向かい、冷凍

庫からアイスバーを摘まみ上げた。包装を剝がし口に咥える。美味しそうに頰張ると、

「俺は弟がいいな」

健斗は出し抜けに言った。意味が分かるまでしばらくかかった。

「……何の話？」

「だって作ってるんでしょ？」健斗はごく普通の調子で、「ばあちゃんも楽しみにしてるよ」

「お、おばあちゃんが言ってたの？」

「うん」

アイスバーを口に突っ込んだまま、彼はタブレットをかざす。

「最近は避妊してないから、期待していいって」

目眩がしていた。そんなことまで義母は。あのヨボヨボハッカーは。それだけではない。

「あ、あの健斗」

わたしは上ずった声で訊く。「そういうの、教えてもらったの？　おばあちゃんに」

「何を？」

「その——性教育的なこと」

「ああ」健斗は残ったアイスを歯で棒から引き抜いて、「結構前からね。そういうも

んだって言ってたよ。今はどこも」と、当たり前のように答えた。

彼がリビングから出て行って、階段を上る音が遠ざかってから、わたしはソファを思い切り殴った。何度も何度も殴って、その勢いでタブレットをテレビに投げそうになって何とか堪える。呼吸が収まるのを待ちながら、わたしは考えていた。

義母は監視しているだけではない。わたしをいびっているだけではない。

息子を勝手に教育している。これはもう洗脳と一緒だ。

義母はわたしから健斗を奪おうとしている。

いや——既に奪っているのかもしれない。

真っ暗なテレビ画面を見つめたまま、わたしは動けずにいた。

〇三

火曜日の朝。夫と息子を送り出すと、わたしはすぐさま着替えて家を飛び出した。

駅前で待っていた佐川さんにタブレットを手渡す。彼女はニッと笑みを浮かべて、

「健闘を祈る。相手はうちのよりはるかに手強い」

と仰々しく言った。わたしは「かしこまりました」と敬礼して改札に向かった。電車を乗り継ぎ、乗車券と自由席の特急券を買って新幹線に乗り込む。支払いはすべて

現金で済ませた。考えられる限りの根回しも事前に済ませておいた。

今日は夕方まで、佐川さんと一緒に買い物をする。そういう嘘の予定を立てていた。バックヤードでもメッセージでも、いかにもそれっぽいやり取りをした。有名店がオープンしたらしい。アレを買い足さないといけない、コレも買い換えないといけない。基本的には事実だが、今日この時間に買いに行くことだけは嘘だった。泰明と健斗にも嘘の予定を伝えておいた。

新幹線が動き出し、わたしは地図を開く。大阪からホームまでの道のりを調べる。紙の地図を見るのは久しぶりだったし、町の書店で地図を購入するのはもっと久しぶりだった。

佐川さんは今頃、本当に買い物をしているはずだ。郊外にできた巨大なショッピングセンターで、友達と一緒に。タブレットの位置情報を探った義母は、わたしが予定どおり買い物をしていると思い込むはずだ。義母が連絡してきた時の対処法は散々考えたけれど、思い付かなかった。

買い物の調子はどうか、と佐川さんにメッセージを送ろうとして気付く。タブレットを渡しているからやり取りできるわけがないのだ。当たり前のことに考えが至らなかった自分に呆(あき)れて、わたしは再び地図に視線を落とした。

ここまでする必要があるのか。今朝に至るまで何度も自問したが、あのヨボヨボハッカーの能力はわたしの想像をはるかに超えている。念を入れるに越したことはない。どんなに不便をこうむっても、義母に気付かれず会いに行くためなら。

本当に寂しいなら会って話すだけで彼女は変わるだろう、という前向きで健全な期待。意地悪ばあさんならわたしに出し抜かれたことを悔しがるだろう、という後ろ向きで黒い期待。二つの相反する期待を胸にわたしは地図を睨み、ホームまでの経路を何度も確認した。

新大阪駅で降りるとJR山陽本線 宝塚線で宝塚駅まで向かい、徒歩一分のところにある阪急宝塚駅から今津線に乗る。そこから二駅の逆瀬川駅で降り、バスを待つ。ベンチにもたれてわたしは長い溜息を吐いた。これだけのことでひどく消耗していた。常に迷子になってしまったかのような不安に襲われていたし、実際何度か迷った。確認しようにも自分では分からず何度も駅員や、近くにいた人に訊いた。

タブレットを持っていないだけでここまで勝手が違うとは、想像もしていなかった。小学生の頃はこれで問題なく生活していたはずなのに、当時の感覚は少しも思い出せなかった。

ようやくバスが到着した。前面の表示には「石楠花の園行き」と書かれていた。義母のいる老人ホームの名前だ。わたしは慌てて財布から小銭を取り出したが、運転手に「お支払いは降りる時に」とそっけなく言われた。そのやり取りだけで、また新たな疲労が身体に伸し掛かった。

バスで登ること二十分。「石楠花の園」は小高い山の頂上に建っていた。道の途中には学校やマンションもあったけれど、ホーム周辺は他に何もなく、紅葉した木々が茂っている。支払いを済ませバスを降りると、わたしは古びた大きな門をくぐって入り口に向かった。

「石嶺咲子に面会したいのですが。嫁です。長男の妻」

受付でそう言うと、若い女性職員は笑みを浮かべ、口を開いた。

「身分証のご提示をお願いできますでしょうか。アポイントのない方にはこの段取りで進めさせていただいております。防犯対策、セキュリティの強化を当ホームでも徹底しておりまして、まことにご面倒ですがご容赦ください」

マニュアルを暗唱しているらしい。笑顔を崩さない彼女に、わたしは保険証を差し出した。「ではこちらにご記入を」と職員は大型のタブレットとタッチペンをカウンターに置く。液晶画面には入館手続きの書類が表示されていた。

わたしは迷う。ここに記入すればおそらく義母の部屋かデバイス、あるいはその両方に連絡が行くだろう。誰が来たかも分かるだろう。紙の書類がいいと要望してみようか。個人情報の記入は控えているとでも説明して。

　同じことだ。すぐにそう思い至る。紙に書いたところで職員が電話か何かで義母に連絡するに違いない。時間差にして一分と違わないだろう。つまりここが終点だ。わたしが義母の目を逃れられるのは、この受付までだ。

　タブレットに名前その他を入力すると、職員は保険証と照らし合わせて、「ありがとうございました」と返して寄越した。液晶を何度かなぞり、わざとらしいほど軽やかに叩く。しばらく画面を見つめてから、彼女は「ではご案内します」とカウンターから出てきた。

　たった今、義母はわたしの来訪に気付いた。

　そう思うだけで全身に緊張が走った。心臓が激しく鼓動する。足がすくむ。この瞬間の彼女のことを想像してしまう。仰天し慌てふためいているだろうか。ぽかんと放心しているだろうか。待ってましたとニヤニヤ笑いを浮かべているだろうか。それとも――

　職員が不思議そうな顔で見ているのに気付いて、わたしは彼女の後に続いた。

　薄い暖色で統一された廊下を職員に先導されて進む。壁には腰の高さに手すりが付けられている。タイルカーペット敷きの床は足音がほとんど聞こえない。静かだ。そこでわたしはようやく気付く。

　誰もいない。まだ一度も入居者を見ていない。

ロビーの椅子にも、その外の庭にも、老人たちの姿はなかった。今歩いている廊下にも。

「あの……」わたしは思い切って声をかけた。

「随分とその、静かですね、ここ」

「ええ。防音には万全の態勢を整えておりますので、外の騒音も中には一切――」

「いえ、そっちではなくて、皆さんお静かにしてらっしゃるなあと」

「これは失礼しました」職員は笑みを浮かべたまま、「皆さん自室で思い思いの趣味を楽しんでいらっしゃいます」

「というと……」

「デバイスですね。お部屋でご家族やご友人と交流できますので。ゲーム、動画鑑賞、ネット。通話やチャットをやっていらっしゃる方も大勢。いい時代になりました、と満足そうに言う。わたしは「はは」と乾いた笑い声で返した。「そうですね」と調子を合わせる余裕はなかった。一歩ずつ確実に義母に近づいている。直接対決、という大げさな言葉が頭をよぎる。

長い廊下を曲がってすぐ。「124」とパネルが貼ってある引き戸前で、職員は立ち止まった。数字の下には「石嶺咲子」と書かれていた。

職員が大きな取っ手を摑(つか)んでドアを引いた。ドアは音もなく開く。無機質で狭い部屋が見えた。「ではごゆっくり」と彼女が廊下を曲がって消える。わたしは呼吸を整えてからドアレールを跨いだ。奥にある大きな介護用ベッドにそろそろと足を進める。

義母はベッドの上で、布団を首まで被っていた。大きなタブレットに隠れて顔は見えない。タブレットは白いアームで鼻先に固定されている。彼女がふるふると小刻みに首を動かしているのが分かった。視線入力だと遅れて気付く。文字を打ち込んでいるのか。ネットサーフィンに興じているのか。

枕元に立っても彼女はまるで反応を示さなかった。

「……恵美です。こんにちは」

わたしはタブレットの裏側に声をかけた。振っていた首が止まる。しばらく間があって、アームが静かに動き出した。ゆっくりと天井へと持ち上がる。

萎んだ老婆の顔が現れた。無数の皺に埋もれて表情は分からない。短く刈った白い髪。濡れた小さな目。わずかに開いた口の端が涎で光っていた。

義母は変わり果てていた。最後に会ったのはここに入居する直前だったが、その時はこれほど老いさらばえていなかったはずだ。記憶と一致しない。それ以上に連日送ってくるメッセージと一致しない。

「恵美です。泰明さんの妻の」

念のためそう告げる。彼女は何も答えなかった。

「ご無沙汰しております」

そう言うと、わたしは笑顔を作った。ここに着いたらすぐ言ってやろう、してやろうと以前から決めていたことだった。

彼女はやはり答えなかった。反応しなかった。何の感情も宿っていない目でただわたしを見上げている。

「あの……お義母さん？」

自分でも呆れるほど狼狽した声で、わたしは呼びかけていた。このパターンはまったく想定していなかった。矍鑠として意地悪なババア、寂しがっている孤独な老婆。そのどちらかしか予想できていなかった。心臓がドクドク音を立てているのは緊張のせいではない。困惑のせいだ。

義母の顔は灰色だった。というよりいつの間にか灰色になっていた。

視線はどこも見ていない。わたしの方を向いているだけでわたしを見てはいない。

涎がゆっくりと頬を伝い首筋へと流れていく。

彼女の頬におそるおそる手を触れて、わたしは悟った。次の瞬間には枕元の呼び出しボタンを叩いていた。

〇四

　義母の死因は心不全だった。享年八十。少し早いが寿命だ、天寿を全うしたのだ。医者はそう言っていたし、駆けつけた泰明もそう信じた。

　わたしは義母に会いに行った理由を「虫の知らせ」と説明していた。ひどく落ち込んでいたせいもあってか、泰明は少しも疑わなかった。むしろ感謝すらされた。死に目に会ってくれてありがとう、と。わたしは曖昧(あいまい)に返して葬式の準備に取り掛かった。

　義母のタブレットに残されていた長いテキストは、こっそり消去していた。

　こんな文だ。

〈来てくれてありがとう。でも来てほしくなかったというのが正直な気持ちです。ご覧のとおりの有様だから。見られたくなかったから。ここに入居してからというもの日に日に体力が衰え、これを使うくらいしかできることがなくなってしまいました。それはそれで楽しかったので打ち込んでいたら、ベッドから立ち上がることも話すこともできなくなっていました。こんな姿をあなたたちには見せたくないと思いました。ただでさえ足手まといになっているのですから、今の私を見ればきっと見限られると。幸いオンラインでの活動は普通にできました。これまで以上に積極的に楽しんでいました。使いこなすのも上手くなっていました。そこで一計を案じました。元気なふりをしようと。息子一家にこちらから働きかけて、健在なのを見せつけようと。参考になる先達は大勢いました〉

〈度を越していることにはすぐに気付きましたが、止めることはできませんでした。すぐそばに嫁がいる。家族がいる。そう思えたからです。あなたのことを探り、あなたとやり取りする間だけは、私は自分の実情を忘れることができました。ベッドの上で日に日に衰え、あとは死を待つだけの身であることを考えなくて済みました〉

〈本当にごめんなさいね。言い訳はしません。あなたを困らせ、苛立たせ、苦しめたこと。それらは間違いなく事実なのですから。本当は自分の口で直接謝りたいのですが、それすらできない。虫の良い話ですが、これを読んでいるあなたにこう言いたい。私を見ないでほしいと。ベッドに寝転がっている私の姿を決して見ないでほしいと〉

〈コンピューターお義母さんからのお願いです。泰明に、そして可愛い孫の健斗にも、私の有様について決して言わないでください。ああ、今やっと書き終えました。間に合ってよかった。なにとぞ宜しくお願いします。くるしいたすけて〉

わたしの来訪に驚き、大急ぎでテキストを書いているうちに、弱っていた心臓が停止した。その可能性は十分にあったし、実際わたしはそう考えるようになった。間接的とはいえ、自分は義母を殺したのだ、と。

我が家は火が消えたように暗くなった。葬式を済ませ納骨し、普段どおりの生活サイクルに戻っても、泰明はずっと消沈していた。健斗も口数が少なくなっていた。

「いろいろ相談に乗ってもらってたからさ。勉強もそれ以外も」

夕食の最中に訊くと、健斗はうつむいたままそう答えた。それ以外とは具体的に何だろう。気にはなったが質問するのは止めておいた。

もう一つ気になったのは佐川さんの言葉だった。

ホームで義母の死を確認してすぐ、わたしは泰明に電話で伝え、その後で彼女にも電話した。当初は「お悔やみ申し上げます」「それは残念ね」などとごく普通の言葉を返していた彼女は、通話を切る直前、

「多分だけど、これでいよいようちと一緒だね」

と、溜息交じりに口にした。

わたしは寂しさを覚えていた。すんなり家のドアを開け閉めし、自動的に点灯する照明の下を歩き、一人で家事を進める。当たり前のこと普通のことが、ひどく退屈に感じられた。自分でも意外だった。わたしは心のどこかで、義母とのやり取りを楽しんでいたのか。そう驚きさえした。遠く離れた場所にいようと、義母は家族の一員だったと思い知っていた。

心にぽっかりと穴が空いたような気持ちで、わたしは日々を過ごした。

泰明は毎日飲んで帰るようになった。日付の変わる頃、玄関に上がるなり眠り込んでしまう彼を、ベッドまで連れて行くのがわたしの日課になっていた。

健斗は成績がガタ落ちした。わたしが教えられることは何もなかった。塾に行くことを提案してみたけれど、彼は首を縦に振らなかった。

義母が死んで二ヶ月が過ぎたある日。

パートの時間が終わり、くらしマートで買い物をして、わたしはレジ袋を両手に家へ辿り着いた。照明の点いた玄関前でレジ袋を置き、カードキーをセンサーにかざす。ピ、と音がしてセンサーのライトが青く光る。きゅいい、と鍵の回る音が続く。すぐまた鍵の回る音がして、玄関がロックされた。続けざまに照明が消える。わたしはカードキーを手にしたまま、ドアの前で呆然と佇んでいた。バッグが震えていることに気付く。

〈計画的な買い物はもう止めたのですか?〉

タブレットを落としそうになって、わたしは慌てて両手でしっかり握り締めた。送り主は知らないアドレスだったが、誤送ではないとすぐに分かった。

〈健斗がお腹を空かせています。第二次性徴期ですからね。私からの連絡を大変喜んでくれました。おばあちゃんは優しいね、と〉

〈どういうことですか？〉

わたしは最小限の質問を送る。ややあって、

〈アウトソーシングです〉

短い一文が届いた。遅れて長文が届く。文字の色がさっきまでとは異なっていた。

〈世の中には暇を持て余している人がたくさんいます。一人ぼっちの寂しい老人たちが。頼めば無償で何でもやってくれる有志が。生前彼らに依頼しておきました。私の死亡が確認でき次第、私の代わりにコンピューターお義母さんをやってくれと。彼らはすぐに引き受けてくれました。当然です。この分野のパイオニアですから〉

謎めいた文言にわたしは戸惑う。

狙ったようなタイミングで新たなメッセージが届く。

〈彼らは現在全国五百七十一世帯でオンライン姑（しゅうとめ）をしているエキスパート集団です。集団とはいえ全国、いえ全世界に散らばっています。優しい姑を務めることもあれば、意地悪ババアを貫く場合もあります。私も彼らに憧（あこが）れて、個人的にあなたたち家族にやってみようと思ったのです。言わば年寄りの手慰みです。彼らはもっと狡猾（こうかつ）に首尾よくやるでしょう。では今後ともよろしくおねがいします。※この文章は石嶺咲子さんから生前よりお預かりしていたものです。以降は独自に作成したテキストを随時送信して参ります〉

有り得ない。そんな馬鹿げたことをタダでする人間がいるわけがない。わたしはそう思おうとしたができなかった。いくらでもいるのだ。ネットには純粋に楽しむためだけに、いくらでも技術と時間を注げる人たちが。

わたしはメッセージを閉じると、すぐさまくらしマートに電話をかけた。呼び出し音が何度も繰り返された後、「はい、くらしマートです」と朗らかな声が向こうから届く。佐川さんの声だ。

「あ、あの石嶺ですけど」

「あらあ、どうかした？」

軽い調子で訊く彼女に、わたしは今あったこと、今届いたメッセージについて簡潔に説明した。終わった頃には息が切れていた。

「やっぱりかあ」

佐川さんはくすくす笑いながら、

「うちと一緒だね」

と、あっさり言った。

「お義母さんは五年前にお亡くなりだからね。それからはずっと別の誰かがやってるよ、嫁いびり。まあそのすごい集団かは知らないけど、とりあえず別人なのは確実」

「そ……それ、おかしくないですか」

「もちろんおかしいけどさ」

彼女は溜息を吐くと、

「何やっても埒が明かないし面倒くさいしで、最終的に本物のお義母さんと同じに扱うことにした。旦那も助けてくれないしね。で、第三の対策を採用して今に至る」

それが一番楽だしハハハ、と笑う。わたしは震える唇で、

「で、でも赤の他人に情報を」

「本物のお義母さんだって他人だよ。それにさ、旦那と子供には普通に優しいの。甘やかし気味だけど悪いようにはしないんだよね絶対。たまに役に立ったりもするし」

けーっ、と奇妙な声を出してから、彼女は言った。

「一緒だよ、本物だろうと別人だろうと。だから対策も一緒。すぐ慣れるって。本物とも顔なんか合わせてなかったわけだし」

反論しようとして思いとどまる。これこそ埒が明かない。彼女はとっくに諦めている。ずっと受け流している。今に至るまで第三の対策を選び続けている。

適当な挨拶をして通話を切ると、わたしは家を見上げた。

二階の窓に明かりが灯っていた。健斗が勉強しているのだろう。義母になりきった誰かに教わりながら。この状況をあっさり受け入れながら。

手の中のタブレットがずっと震えていた。何通も何通もメッセージが届いている。

玄関照明が瞬き、きゅいい、と鍵が開く音がした。入ってよし、ということか。ドアを見つめていると、塞ぎ込む泰明のことが頭に浮かんだ。机に向かっている健斗の姿も。葬式からついさっきまでのわたし自身のことも。

わたしは荷物を抱えるとドアを開け、真っ暗な家に足を踏み入れた。

翼の折れた金魚

○一

小学五年生の二学期。隣の三組で飼っていた金魚二匹が「ビョーキだ」「キケイだ」と騒ぎになった。「キセイチュウでは」という声も上がった。生まれてしばらくはどこにでもいる金魚だったそうで、生徒はもちろん教師も驚き、首をかしげた。

僕も現物を何度も見たけれど、地球の生き物とは思えない、というのが率直な印象だった。ゆらゆらと漂うように水槽の中を泳ぐそいつらは、ひたすらグロテスクで不快だった。

細い身体の両側に、巨大な半透明の赤い皮膜が生えていた。全身のいたるところから、白く長い糸のようなものが飛び出していた。確かに病気にも奇形にも、寄生虫が食らいついているようにも見えた。

親の金魚から面倒を見ていた飼育係は岡島くんといって、「餌のせいかもしれない」と担任の教師に告げた。彼の親戚は都内で麩の専門店を経営していた。岡島くんは売り物にならない自家製の麩をしばしば譲り受け、金魚に与えていたという。市販の餌を与えるよりずっと特殊な状況ではあるが、小学校教師たちに「これが原因だ」と断定することはできなかった。

金魚のことはいつしか保護者にも伝わった。病原菌や毒物の影響だという噂まで出回るようになった。事態を重く見た教頭は、伝手(つて)を頼って専門家に調査を依頼した。

それが二十年前のことだ。コキュニアの投与による新人類、公的には計画出産児と呼ばれる子供たちが幼稚園に入園し始め、世間を賑(にぎ)わせていた頃。

僕は算数のテストの採点を終え、タブレットを机に置いた。疲れた目を癒そうと巨大水槽を眺める。職員室の一角を占める、高さ一メートル幅二メートルの大きなアクアリウム。中には三匹の「柳星張(りゅうせいちょう)」が悠々と泳いでいた。半透明の翼のような皮膜、そしてドレスのような白い糸。

岡島くんが偶然「開発」した、あの金魚だ。専門家が発表しメディアで取り上げられ、最初に海外で話題になった。「美しい」「天使のようだ」「金魚である以上に芸術だ」――それに倣うように日本でも「カワイイ」と持て囃(はや)されるようになった。

件(くだん)の金魚の研究は急ピッチで進められ、岡島くんは一躍時の人になり、そして僕の母校であり現在の勤務先であるここ、市立三ツ角(みつかど)小学校も大きく報道された。繁殖に成功した金魚に「柳星張」と名付けたのは岡島くん自身だ。特に金魚に愛着はなかったようで、現在はCGクリエイターになってハリウッドで活躍している。映画やドラマのエンドロールで彼の名前を見るたびに、僕はしみじみと感慨に耽る。そして自分の変化を不思議に思う。

水槽を泳ぐ柳星張をグロテスクだとは思わなくなっていた。むしろ綺麗だと思っている。三ッ角小学校の輝かしい「実績」を誇らしいとすら感じている。

「森村先生」

呼ばれて僕は振り返った。受け持ちの五年三組の児童、阿川慎也が不安そうな顔で佇んでいた。

「おお、どうした」

彼の金髪、そして青い瞳を見ながら僕は訊いた。

「長谷部くんがまた騒ぎを起こした。永井さんが叩かれて泣いた。今は落ち着いている。教室に来て」

慎也は淡々と言ったが、怯えているのは言葉の端々からも、硬い表情からも感じられた。

「分かった」

僕は椅子を鳴らして立ち上がった。永井のことを心配しつつ、心の中では「またか」とうんざりしていた。長谷部豪太は常日頃から素行が悪い。先日もドッジボールで熱くなって大喧嘩になった。三年の頃には万引きをしたこともあるという。

「また長谷部？」

隣の席の志垣（しがき）が眉（まゆ）をひそめて言った。禿（は）げ上がった頭を撫（な）でて、「俺も行こうか？あいつ発育だけはいいからさ」と訊く。

「いえ、大丈夫です」

僕が返すと、志垣はやれやれといった顔で、

「やっぱデキオは駄目だなあ」

とつぶやいた。慎也がいることを思い出して慌ててデスクを向く。慎也はそ知らぬ顔で出入り口へと歩いて行った。彼の後を追って廊下に出ると、途端に六月の蒸し暑い空気が身体に纏（まと）わり着いた。

すたすたと真っ直ぐ進む慎也の後ろを歩きながら、僕は我が身を省みていた。志垣と違って口に出さなかっただけで、考えていたことは同じだった。

デキオは——無計画出産児はいつもこうだ。毎日のように困らされている。

だが悪いのはデキオやデキコ自身ではない。むしろ彼ら彼女らは被害者であり、不満や怒りの矛先を向けてはならない。教師以前に人としてやってはいけないことだ。問題はデキオたちの親だ。コキュニアも飲まず避妊もせず、うっかり妊娠しておきながら平然と産み育てる、身勝手な両親こそが問題なのだ。

五年三組の教室。窓際の一番後ろの席で永井朱光（すぴか）が鼻を真っ赤にしてうつむいていた。涙で潤んだ目は紫色になっており、長い金髪はぼさぼさに乱れている。何人かの女子が心配そうに彼女を囲んでいる。

教室の反対側、朱光の対角線上に豪太が立っていた。壁にもたれてポケットに手を突っ込み、僕と慎也を睨（にら）みつける。

「チクってんじゃねーよ」

獣が唸（うな）るような声で豪太が言った。安いドラマのような言い草だが、子供の世界では強烈な脅し文句なのだろう。慎也がぶるりと身体を震わせた。

豪太の青でない、奇妙な黒い目を真っ直ぐ見返して僕は言った。

「そこにいてくれ。後で話を聞く」

彼は不満を隠しもせず、金色でない変な色の髪を搔き毟（かきむし）った。外見で差別してはいけないと頭では分かっているが、やはり気になってしまう。成人には黒や茶色の方が圧倒的に多いのに、僕自身も黒髪なのに、子供だと不快に感じてしまう。

金髪、そして青い目の計画出産児たちの中にいると、黒髪黒目の生徒はインクの染みのように見える。本来あってはならない汚れのように。

しゃくり上げている朱光に歩み寄ると、僕は怪我の様子を訊（たず）ねた。幸い頭を軽く叩かれただけで大事には至っていないらしい。周囲の女子たちが口々に状況をまくしたてるのをなだめて、僕は朱光らを帰らせた。

「慎也も帰っていいぞ」

「いや、帰らない」彼は首を振って、「最後までいる。気持ちの問題だけど」と言った。僕はうなずくと、退屈そうにしている豪太を手招きした。

ふてくされた彼から事情を聞き出す。きっかけは他愛のない口喧嘩だった。女子たちから聞いた話と概ね一致しているが、一つだけ彼女らが言っていないことがあった。

「お、親が」

口にした瞬間、豪太は悔しそうに顔を歪めた。青くない目に涙が光る。

「親がクズだからお前もクズだって、永井が」

うう、と泣き声を漏らす。白目は少しばかり充血して赤くなっているが、黒い瞳は一向に紫色にならない。僕は彼の頭を撫でようとしたが、考える前に手が止まった。金色でない髪に触れるのは抵抗があった。

「クズなの？」

慎也が不思議そうに訊いた。

「前に遊びに行った。お父さんもお母さんも優しい。親に行くなって言われたけど。なぜ？　森村先生」

「うーん……」

僕は返答に窮した。無計画に子供を作る親を「優しいから」だけで擁護することはできない。かといって「いやいや、クズだよ」と言えるはずもない。たとえ事実だとしても絶対に。

「長谷部くんは叩いたのがよくない。危ないから。違う？　親は関係ない」

慎也は続ける。ただの理屈でしかないが、この場を収めるには正しい発言だった。

豪太が涙を拭いながらうなずいた。

そうだな、と僕が同意を示そうとしたところで、

「玖羅葉もちゃんとしてる。リコーダーが上手い」

慎也は青い目でまっすぐ僕を見つめて言った。

演奏の上手い下手は関係ないだろうと思いながら、僕はすぐ近くの机に目を向けた。

彼女の席だ。このクラスに二人もいる無計画出産児の一人――デキコである篠宮玖羅葉の。

長くて艶があって黒々とした、彼女の奇怪な髪が頭に浮かんだ。

八時に帰宅して夕食を作っているとチャイムが鳴った。カウンターに置いたタブレットにマンションのエントランスが映し出される。若い配達員が手元の伝票を見ている。帽子を深く被っているが、金髪でないのは耳にかかった髪ですぐ分かった。特に

驚くことではない。デキオやデキコのほとんどはなり手の少ない、肉体労働に従事することが多い。

　タブレットに声を掛けると、配達員は「宅配便です、お届けに参りました」と笑顔で言った。目は案の定真っ黒で、青ではない。僕は液晶画面を叩いてエントランスの鍵を開けた。

　玄関で小さな段ボール箱を受け取り、僕は部屋に引き返しながら中を改めた。何重もの包装を剝がすと、煙草のケースほどの白い箱が現れる。表面にはコウノトリを模したらしい青い模様、その上に「COCUNIA」と簡素な字体でプリントされている。下の方にはトヤマ製薬のロゴマークが控えめに刻印されていた。

　白い箱を手に僕は安堵していた。うっかり切らしてしまうところだった。これがなければ人として親として失格だ。

　玄関ドアが開いた。大きな鞄を提げた妻の美羽が「ただいま、彬」と笑みを見せる。映像制作の仕事は大変なはずだが疲れた様子はまったくない。コキュニアの箱をかざして「届いた」と伝えると、彼女は「よかった」と嬉しそうに言った。

　食事の最中、僕はつい仕事のことを話していた。後輩の一人が産休に入ったこと、プール開きをしたこと。そして放課後の豪太と朱光、慎也のこと。

「まあ、慎也くんの言ってることも一理あるかな」

美羽は厚揚げとキャベツの煮込みを口に放り込むと、

「その豪太くんだって特別おかしいわけじゃない。劣ってもいない」

「どうだろう」僕は首をかしげてきんぴらごぼうを飲み込む。

「そもそも知能を高める効果はないんでしょ。ただ妊娠しやすくするだけで」

「オフィシャルではね」

僕は一応うなずいてみせる。「大っぴらに謳えないってだけだよ。法律に引っ掛かるから。つまり建前だ」

傍らのタブレットを突いて、液晶にニュース記事の一覧を表示させた。

大学の風景、将棋の竜王戦、エジプトのピラミッドの発掘調査。どの画像にも金髪碧眼の若い男女が大写しになっている。

「これだけ結果が出てたら認めないわけにはいかない。世の中もそれで回ってる」

「でもさあ」

「じゃあ今夜は無しでやってみる？」

僕は箸を止めて真顔で訊いた。視線でカウンターのコキュニアの箱を示す。美羽は
「ははは！」と大きな声で笑うと、

「超ウケる」

唐突に大昔の言い回しを口にした。不意打ちを食らって僕は思わず吹き出した。

食事を済ませ入浴を終えると、僕たちは洗面所でコキュニアの箱を開けた。菱形(ひしがた)をした白い錠剤を一錠ずつ、ゆっくり噛(か)んで口の中で溶かす。かすかに痺(しび)れるような感触が口の中に広がった。

「うええ」

美羽が整った顔をしかめた。毎度のことだ。この感触に一向に慣れないらしい。溶けきった錠剤を飲み下し入念にうがいをしてから、僕と美羽は手を繋(つな)いで寝室に向かった。

「今度はできたらいいね」

ベッドに寝そべるなり美羽が言う。僕は彼女の身体に手を回して、

「できるよ。立派な子が」

そう耳元で囁(ささや)いた。彼女の首は既に汗で湿っていた。

○二

トヤマ製薬が開発し販売しているコキュニアは、表向きは「画期的な〈男女共用〉妊娠促進剤」だ。男性が服用すれば精子が活発になり、女性は排卵が誘発される。少なくとも公式サイトではそう説明されている。

実際はそれだけではない。男女とも服用してすぐ性交すれば、生まれてくる子供の知能を劇的に高める効果がある。加えて特徴的な外見にする。金髪と青い目だ。これは現実が証明している。

五年三組の児童三十名のうち、二十八名がコキュニア投与で生まれた子供——計画出産児だ。彼らは実際に飲み込みが早い。カリキュラムも教科書も、彼らを基準に作られるようになって十年が経つが、一部の計画出産児はそれすら軽々と理解し自分で先へ進んでいる。例えば慎也は五月の時点で、独自に虚数を学び始めていた。

金髪碧眼と知能以外に大きな変化はない。世間の理解はそうなっているし、僕も経験からそう実感している。言動は年相応、つまり旧世代と同じだ。個々の性格はバラバラだし、感情の起伏も当然ある。彼らに対する「発言が分かりにくい、独特である」といった意見は、僕ら旧世代を基準にした物言いだ。

もちろん計画出産児同士がテレパシーで会話しているといったことはないし、ましてや旧世代の奴隷化を画策しているといったこともない。大真面目に検証した学者もかつては存在したが、今となっては笑い話だ。

とある映画配信サイトは大分前から、『光る眼』を旧作もリメイクもコメディに分類していた。『アルジャーノンに花束を』を絶版にしろ、と息巻いている活動家も少なからずいる。主人公が知能の高低で尊大になったり純朴になったりする展開は、事実誤認も甚だしく差別的である、というのが彼らの言い分だ。理解できなくもないが、あの本が書かれたのは百年以上前だ。大らかな時代の大らかな認識で紡がれた、素朴で無邪気な作り話。

「はい休憩！」

ピピイ、と笛を吹き鳴らしてすぐ、僕はプールで泳いでいる三十二名の児童たちにそう呼びかけた。八月七日、「プールの日」。夏休みの一週間ほど学校のプールを開放し、在校生であれば自由に泳げるささやかなイベントだ。盛況ぶりは僕が小学生だった頃とそう変わらない。計画出産児も夏になれば、連れ立って水浴びや水泳をしたがるものなのだ。

照りつける太陽の下、僕は指示を出して児童をプールサイドに座らせ休ませた。白いキャップを被った彼ら彼女らの間を縫って歩き、一人一人の様子を見て回る。隅に座っていた一人の女子がゴーグルを額に上げ、僕は思わず足を止めた。

彼女の黒い大きな瞳が不気味に光っていた。

篠宮玖羅葉だ。濡れた頬を拭い、こちらを見上げる。長い手足、整った顔に薄い唇。美少女と言っていいのに黒い目がすべてをぶち壊しにしている。むしろ禍々しく見せている。

嫌悪感が全身を走り抜け、ぞわぞわと鳥肌が立った。

僕は玖羅葉から顔を背け、プールサイドを歩き出した。子供が碧眼でないだけで不快に思うのはよくない、そう頭で考えたが鳥肌は治まらない。蟬の声が酷くやかましく耳に響いていた。

フェンスを摑んで気を落ち着けていると、赤城雄二に声を掛けられた。僕と同じく今日の監督を受け持つ、六年一組の担任教師。同期でもある。

「香坂さん、順調だってさ」

突き出た毛深い腹を揺らしながら、彼は嬉しそうに言った。

「予定は十月だっけ？」

僕は平静を装って返す。香坂伊織は僕たちの後輩の教師だ。数ヶ月前から産休を取っている。

「うん」赤城は濡れた髪を搔くと、「安心したよ。あんまり丈夫じゃないしさ。それにコキュニアが身体に合わないらしくて、前も二回か三回――」

そこで言葉を切る。僕はうなずいて、

「今回は確定したってこと？」

「羊水検査で分かったって」

「よかったなあ」

鳥肌はいつの間にか治まっていた。気分は落ち着くのを通り越して晴れやかになっていた。

コキュニアが合わない人はたまにいる。服用時に激しい嘔吐感に襲われた場合、「合わない」と見なしていいらしい。そうなると計画出産児が生まれないことがままある。胎児の段階でコキュニアの効果が出ていないと分かれば、当然中絶することになる。

デキオやデキコを好き好んで産む人間などいない。ごく一部の無責任な親以外は。もちろん中絶は妊婦の身体に負担がかかる。香坂が苦労の末めでたく計画出産児を産めそうで、僕は心から嬉しく思っていた。

「生まれたらお見舞いに行こうぜ」

赤城はぺちんと僕の肩を叩いた。児童に向けて「こらぁ走り回るな、休んどけ」と声を張る。休憩に飽きたのか歩き回っていた何人かの児童が、くすくす笑いながらその場にしゃがみ込んだ。

ざぼん、と大きな音がした。咄嗟に音のした方を向く。僕のいるのと反対側、スタート台の手前で水しぶきが上がっている。台の上で半笑いの男子児童がしゃがんでいる。水中に小さな影が見えた。青いゴーグルだけがぷかりと水面に浮かぶ。

「こら！」

赤城が怒声を上げた。僕は児童を避けてプールを回り込む。近くまで辿り着いたのと同時に、水面から男子児童が勢いよく顔を出した。ぷはっと大きな口を開けて空気を吸い込む。赤城のクラスの市川岳人だった。苦悶の表情で水をかく。様子がおかしい。足が攣りでもしたのか。

赤城がスタート台の児童の手を摑んで引きずり下ろす。ざわめきがプールに響く中、僕は岳人を助け出そうとプールサイドに足を掛けた。児童の誰かがあっと声を上げる。

岳人と一瞬目が合った。

彼の右目は黒い色をしていた。

左は青なのに、右だけが不気味な黒だった。

心臓がバクンと激しく鳴り、僕はその場で中腰のまま固まった。あまりにも異様な彼の目を見て動けなくなっていた。

「せん、せ」

岳人がもがきながら必死で僕を呼ぶ。ぶくぶくと沈んでいく。飛び込め、助けろと頭の中で理性が激しく命令していた。それでも身体は動かなかった。「森村くん！」と赤城が叫ぶのが遠くから聞こえた。

僕のすぐ側で影が跳んだ。

放物線を描きプールに飛び込む。影はあっという間に岳人に近寄ってすぐさま浮かび上がる。

玖羅葉だった。岳人を背後から抱いて、彼女はすいすいとプールサイドへ向かう。

岳人は仰向けで口をぱくぱくさせている。

僕は呆然と二人の様子を眺めていた。聞こえなくなっていた蟬の声がわぁんと一気に鼓膜を震わせた。

プールを閉めた後、僕と赤城は岳人とともに六年一組で人を待っていた。彼を突き落とした児童には厳重に注意し、すでに帰らせた。単なる思い付きの悪ふざけでしかなく危険性を説くことしかできなかったせいもあるが、より大きな問題が発覚したからでもある。

市川岳人がデキオだったことだ。

彼は髪を金色に染め青いコンタクトを着け、計画出産児であるかのように「偽装」していた。彼の自発的な意志によるものでないことは聞き取りで分かった。三年になる頃には親だ。岳人の両親、特に母親が、幼い頃から彼を偽装していた。三年になる頃には自分で偽装するよう教育していた。

「まあ『誰も偽装しない』とは思えないわな、普通に考えて」

廊下に出ると赤城が顔をしかめた。「岳人以外に大勢いてもおかしくない」

「馬鹿な」

僕は呆れて言った。

「世の中そんな親ばかりなのか？　非常識で場当たり的な」

「デキオデキコが不利益を被るなら、何とかしようとするのは当然だろ。それも親心だ」

　僕は思わず苦笑した。

「だったら産まなきゃいい。無計画妊娠なら中絶すれば」

「それは机上論だよ、森村くん」

　赤城は低い声で遮った。僕を見据えると、

「勇介(ゆうすけ)や哲三(てつぞう)の親に同じことが言えるか？　先天性エー&ビー氏病による四肢障害が起こると分かってたのにどうして産んだのかって。ＰＱＲ因子欠乏による脳幹ＸＷＹ障害だと検査で判明してたのになぜって」

　真剣な顔で言う。僕は堪(こら)えきれず「ははっ」と声を上げて笑ってしまう。赤城の言うことは反論はおろか詭弁(きべん)にすらなっていない。本質を見失っている。

「二人とも計画出産児じゃないか。障害を抱えてたって社会的にはデキオより――」

「しっ」

　赤城が人差し指を唇に当てた。廊下の向こうから小柄で地味な女性が、身体を丸めて歩いてくるのが見えた。「すみません、お呼び立てして」と赤城が声をかける。女性は立ち止まると青ざめた顔でおずおずと一礼した。岳人の母親らしい。

彼女を伴って教室に入る赤城を横目に、僕は階段へと向かった。頭の中では赤城の言葉がぐるぐると巡っている。どれもこれも一理あるように見えて空疎だ。彼の言葉こそ机上論だ。独身貴族を謳歌している赤城には、親の責任や義務が根本的なところで理解できないのだろう。

職員室に入るとほとんど無意識に水槽に目が行った。ストレスを感じている時の癖だ。優美な柳星張を見て心を落ち着けよう、そう身体が動いている。

羽根のような皮膜を広げ、糸を揺らして泳ぐ柳星張が見えた。その手前に真っ黒な長い髪も。生乾きでわずかにウェーブがかかり、まるで浜に打ち上げられ腐りかけている海藻のようだった。

玖羅葉だ。玖羅葉が水槽のすぐ前で、こちらに背を向けて立っていた。水槽に軽く手を触れ、柳星張を覗き込むようにして眺めている。

彼女がゆっくりと振り向いた。黒い目で僕を見つめる。僕は固まった顔を無理矢理に動かして、「よお、いたのか」と声をかけた。

「うん、いた」

かすかに笑みを浮かべて答えると、彼女はちらりと水槽に目を向ける。プールでの出来事が頭の中で甦る。

「さっきはありがとうな。おかげで今は何ともないよ、岳人」

改めて礼を言う。

「全然」玖羅葉は首を振って、「慣れてるから」と不可解なことを言った。疑念が顔に出ていたのだろう、彼女は僕を見据えると、

「自分たちで守らないといけない。デキオとデキコはね」

何でもないことのように言った。通りかかった教師がぎょっとした顔で彼女を見つめ、すぐに立ち去る。

彼女の境遇を思って僕は胸を痛めた。無計画出産者の入店を禁止する店が現れて随分経つ。責められるべきは親なのに、被害者である子供が更に被害を受けているわけだ。それ以外にも辛い思いはたくさんしているだろう。外見で生理的な嫌悪を抱いている自分が恥ずかしくなった。

「……それで、何か用事？」

そう問いかける。玖羅葉は足元のトートバッグを手にすると、

「宿題で質問があって。自分で全部やらないと駄目？」

うかがうような目で訊く。

「いや全然。先生の席でやろうか」

僕は自分のデスクを手で示した。彼女は「うん」と歯を見せると、バッグを提げて歩き出した。

予備の丸椅子を引っ張り出して、自分の席の隣に置く。彼女を座らせて自分も座ろうとすると、

「すごいっ」

向かいの席で大きな声がした。音楽教師の佐倉が立ち上がる。ヘッドホンを外しながら「ちょっとちょっと」と僕に手招きする。

「どうしました」

「この曲すごいの」

彼女はヘッドホンを掲げながら、「篠宮さんの自由研究。フルオーケストラの交響曲、いや違うか、現代音楽かな」と興奮した様子で言った。驚きと尊敬の眼差しを僕の隣に向ける。

玖羅葉は恥ずかしそうに肩をすくめて、

「作った。家にあったソフトで」

と言った。

玖羅葉が音楽の授業を真面目に受けていることは、前から佐倉に聞いて知っていた。一学期の成績も「5」だった。とはいっても格別優秀だとは佐倉も考えていなかったらしい。

「これを一人で……」

佐倉はタブレットを食い入るように見つめて唸った。液晶には楽曲制作ソフトのプロジェクトの、タイムラインが表示されていた。玖羅葉の「自由研究」だ。複雑に組み立てられていることは素人目にも何となく分かった。

佐倉から渡されたヘッドホンから、シンセサイザーの重く低い音が鳴り始めた。こもったピアノの音、啜り泣きのようなフルートの音が加わる。僕はあっという間に玖羅葉の作った曲に引き込まれ、そして呑み込まれた。

曲のタイトルは「柳星張」だった。あの美しい金魚のイメージとはかけ離れている気がしたが、それでも僕は彼女の曲に圧倒されていた。彼女の秘めた才能と技術に感銘すら受けていた。

玖羅葉が聞きたがっていた質問は、化学反応の単純な計算に関するものだった。

彼女が帰った後も、佐倉はすごいすごいと繰り返していた。僕はそのすべてに「ですね」「まったくです」と返す。考える前にそんな風に反応していた。

「音大行った方がいいなあ」

佐倉はそんなことまで口にした。

「行けるんですか」

僕は訊く。もちろん「デキコが行けるのか」という意味だ。国立大学の半分、私大のほとんどは、計画出産児であることを受験資格の一つに定めている。

　佐倉は真剣な顔で、

「普通の大学に比べたらずっと寛容よ。音楽に限らず芸術系の学校全般がそう。でも」

「でも？」

「この手の学校はほら、コレが」

　親指と人差し指で円を作って掲げた。やはりか。僕は椅子に身体を沈めた。玖羅葉の両親は町外れの小さな酒屋兼コンビニを経営している。裕福でないのは彼女の服装からも分かった。

「もったいないな」

　僕は思わずそう呟いていた。自分の言葉に驚いていると、佐倉が「結局のところは親ね、全部」と溜息を吐いた。

　仕事を済ませて家に帰っても、僕はずっと玖羅葉について考えていた。頭の中には彼女の曲がずっと流れていた。冒頭から結尾まで、細かい音の一つ一つまで、暗く物悲しいメロディからドラムの音の一つに至るまで、僕の脳は「柳星張」を記憶していた。いや――記憶させられていた。

「それ、何の曲？」

　日付が変わる少し前。ソファに寝そべっている美羽に訊かれて初めて、僕は自分が

「柳星張」の主旋律を口ずさんでいることに気付いた。事情を説明する。

「へえ」

だるそうにクッションに顎を乗せると、彼女は僕を見上げた。

「まあそうか。デキコにも才能ある子は普通にいるよね」

「理屈ではそうだけど、実際目の当たりにすると衝撃が違う」

僕はソファのすぐ側の床に腰を下ろして、「反省したよ」とつぶやいた。美羽は無言で首をかしげる。

「計画出産児が多数派で普通だからって、デキオデキコを排除しちゃいけない。仕事の上では公平にしてきたつもりだけど、気持ちの上では違った。見た目が生理的に受け付けないせいもあったけど、それを言い訳にしていた部分もある」

僕は正直に言った。美羽はまっすぐな目で僕を見つめている。

「玖羅葉には才能がある。想像もしてなかった。デキコだからってだけで凡庸だと——劣っていると考えてた。教師失格と言われても仕方ない。美羽に今ここで怒られても。呆れられても軽蔑されても」

「しないよ、そんなこと」

美羽は微笑してクッションに顔を埋めた。

「こないだの子……豪太くんだっけ。その子にも才能あるかもしれないよ」

「うん」

「なくてもいいけどね。あるはずだって期待するのはおかしい。うちの会社にもいるよ、自閉症の人は記憶力が桁違いだから凄いって言ってる上司」

そう囁くと長い溜息を吐く。

「……それは違うから」

「そうだね」

僕は大きくうなずいた。そうだ。僕の考え方は油断すると、美羽の上司と同じになってしまう。典型的な逆差別に陥ってしまう。彼女の指摘で自然と気が引き締まった。

美羽が顔を上げた。半開きの目がぼんやりと僕を見ている。唇は乾き頬は青い。

「風邪か？」

「ううん。熱はない」

彼女はかすかに首を振って、

「明日病院に行ってくる。婦人科」

と言った。

言葉が頭に届き、胸の中で広がる。僕は彼女に向き直って両頬に手を触れる。

「まだ分かんないよ？」

弱々しく微笑むと、美羽は僕の首に手を回した。

〇三

美羽は妊娠していた。結婚して十一年が経っていた。つわりが穏やかになった頃合を見計らって、僕たちは家でささやかな祝杯を挙げた。

近くで買ったケーキをテーブルに出すと、美羽は口を押さえて涙を流した。

夏休みが終わり二学期になった。クラスに変化はないが、市川岳人は転校した。両親がそうすることに決めたという。赤城はひどく悔しそうにしていた。

「何の問題もないとは言えなかった。周りは決して気にしません、友達関係も変わりません、だから大丈夫です――ぜんぶ嘘になる」

彼の言葉は重く響いた。プールの日の時とはまったく違って聞こえた。

僕は思いを新たにしていた。デキオやデキコ、いや無計画出産児が不当な扱いを受けないようケアするのは、教師の役割だ。持てる力を活かせるよう手助けするのも。

玖羅葉の母親、磨綺那に会ったのは九月の終わりだった。

夕方の教室に現れた彼女は娘によく似た、黒髪で背の高い女性だった。目の下にはくっきりと隈ができている。空調を適温にすると、僕は向かい合わせた席の対面に彼女を座らせた。タブレットを机に置いて聞き取りを始める。

娘の才能、音楽への興味について、母親は早くから認識していたという。〝はいはい〟の頃からおもちゃのピアノでよく遊び、幼稚園の頃にはフリーソフトで作曲を始めていたらしい。

「失礼ですが、ピアノ教室だったりは……？」

僕が訊ねると、磨綺那は曖昧な笑みを浮かべて、

「ああいうところはどこも審査が厳しいので。個人でも企業でも」

と答えた。酷い話だ。僕は心の中で腹を立てた。それと同時に自分に驚いてもいた。先日までなら「当然だ」と思っていただろう。

専門の高校、大学に通わせることについても両親で話がついていた。現在はこつこつと学費を貯めているという。磨綺那も店の他、二つの仕事を掛け持ちしていた。

「それだけでは足りないので、玖羅葉にも伝えています。高校からアルバイトして費用を捻出するように」

「学校は決めているんですか」

「ええ」

彼女はうなずくと、全国でもトップクラスに入る音楽科のある高校、そして音楽大学の名を挙げた。目には強い決意の光が灯っていた。

気迫に押されて僕は心の中で唸った。しかし、

「ご無理はなさらない方が」

「いいえ」彼女は首を振ると、「無理はしていません。玖羅葉のことでなら幾らでも頑張れます、わたしも夫も」

どこかうっとりした表情で、

「それにあの子の音楽を聴くと癒されます。疲れも取れる。親思いのいい子です。わたしたちのために何曲も作ってくれました」

バッグから携帯音楽プレイヤーを取り出す。

「ここへ来る時も聴いていました。『月と星』『おひるね』そして『柳星張』」

『柳星張』、いい曲ですね」

僕は言った。彼女は嬉しそうに目を細める。

プレイヤーをそっと撫でる磨綺那を見つめながら、僕は確信していた。彼女は娘を愛し、娘の将来を真剣に考えている。そして娘のために苦労を厭わず日々を過ごしている。決して無責任で身勝手な親なんかではない。それなのに――

「あの、大変失礼ですが」

僕は一瞬躊躇ったが、意を決して問いかけた。

「疑問に感じていることがありまして。それほど娘さんのことを愛して、考えていらっしゃるのなら……どうして計画出産をなさらなかったんですか？」

磨綺那は不思議そうに僕を見返した。

「コ、コキュニアです」

僕はつっかえながら、

「おうかがいする限り、計画もしっかりされているみたいです。妊娠や出産だけ無計画だったとは思えない。なのにどうして……玖羅葉さんを」

「計画しましたよ」

磨綺那は答えた。プレイヤーを置くと黙って僕を見据える。

「……どういう意味ですか」

想像もしていなかった答えに僕の思考は止まっていた。計画してデキコが生まれるはずがない。戸惑っていると香坂のことが頭に浮かんだ。途端に腑に落ちる。

「体質的な問題ですね。ご両親の」

「いいえ」

「えっ」

消えたばかりの困惑が再び頭と心に湧き上がる。何を言っているのか分からない。

磨綺那はゆっくりと口を開いた。

「言葉どおりの意味での計画はしました。わたしが若い頃は『妊活』なんて呼んでいましたが。でもそれ以上のことはしなかった。薬剤で子供の身体を変化させることに抵抗があったからです。わたしも夫も」

「……というと」

「コキュニアを服用しない。わたしたちはそう決めた上であの子を授かったのです」

彼女の黒い瞳が大きく広がったような気がした。言葉の意味を理解するにつれ、僕の胸が激しく痛んだ。そして怒りが芽生えた。

「……なんて酷いことを……」

口から勝手に言葉が漏れていた。机に置いた手を握り締めていた。僕は平然としている磨綺那に向かって訊いた。

「ご自分が何をされたか分かってるんですか？」

「ええ」彼女ははっきりうなずくと、「ここまでコキュニアありきの世の中になるとは思っていませんでしたが、特におかしなことでは——」

「ふざけるな！」

僕は拳で机を叩いた。

「あんたらがしたことは虐待だ！　おまけにそれに気付いてない！　お……親として恥ずかしくないのか！」

磨綺那の顔が一瞬で険しくなった。キッと僕を睨み付けると、

「特定の薬剤を飲まなければ罪になるのですか？」

「法律の話をしているんじゃない！」

僕は歯軋りして立ち上がった。ふざけている。狂っている。やはり無計画出産児の親は碌なものではない。特に目の前にいる母親は。子供が真っ当に過ごす権利を、自分たちの都合で意図的に奪っていたなんて。

「子供は親の所有物じゃない」

僕は彼女を見下ろした。彼女は僕をまっすぐ見返して、

「知っています。だから玖羅葉には自分で進みたい道を進んでほしいと」

「それをあんたらが難しくしてるんです。最初の一歩、スタートラインから」

僕は一言一言、はっきりとそう伝えてやった。途中から玖羅葉の顔が頭に浮かび、涙が溢れていた。こんなクズを親に持ち、それでも親を愛し音楽を捧げる健気な娘のことを。

由々しき事態だった。いち教師の手に余る凄惨な虐待が、自分のクラスの生徒に行われていた。

僕はその場でタブレットから児童相談センターに連絡した。磨綺那が「何するんですか！」と摑みかかる。彼女を振り払って教室を走り回りながら、僕は電話が繋がるのを待った。

児童相談センターの対応は迅速だった。玖羅葉は翌日夜には親から引き離され、施

設に一時的に預けられることになった。

職員会議で教頭から誉められはしたものの、僕の心は暗かった。親たちの醜悪な姿を目の当たりにしてショックを受けたせいもあるし、センターの職員からこう聞いていたせいもある。

職員が自宅から玖羅葉を連れ出そうとすると、彼女は激しく抵抗したという。どうして離れなければならないのか。母さんも父さんも何も悪いことはしていないのに。そう叫びながら。

一種の洗脳だ。どれだけ酷い目に遭っていても、日常化すれば何とも思わなくなる。自分を愛していない、クズのような両親さえも慕うようになる。玖羅葉の気持ちを思うと胸が痛んだ。

彼女が再び登校するようになったのは翌週だった。校門前で見かけて声を掛けると、彼女は黒い目で僕を見つめた。

「どうした?」

「……けばよかった」

「え?」

玖羅葉は薄い唇を噛(か)むと、

「ヒマワリでも観察しとけばよかった」

そう言って足早に歩き去った。

黒い髪がゆらゆらと風になびき、校門をくぐって見えなくなった。

○四

香坂伊織が無事に出産したと赤城から知らされ、沈んでいた気持ちはわずかに晴れた。僕と赤城、志垣、そして佐倉の四人で彼女の家を訪ねたのは十一月の初めの昼過ぎ。その頃には早く赤ん坊が見たくてそわそわするほどだった。

自分たちの子供が生まれるのは来年の四月。それまでに一度、生まれたばかりの子供がどんなものか見ておきたかった。大きさや仕草やにおいを確かめておきたかった。

郊外に建ち並んだマンションの一番手前の棟。二階の一番端のドアの前に着くと、佐倉がドアホンのボタンを押した。

「どうぞー」

香坂の明るい声がドアホンから響いた。僕たちは顔を見合わせて笑う。学校での彼女と同じ調子だ。産後の肥立ちはいいらしい。

ドアを開けると廊下の向こうから「ようこそお越しくださいましたー」と明るい声が響いた。奥のリビングでスウェット姿の香坂が手を振っている。逆光で顔はよく見えない。長かった髪を短くしているのは分かった。

「やー、まだ痛いんですよ、切っちゃったんで」

痛くなさそうな声で言う。玄関まで出迎えることができない、という意味だろう。

僕たちは順に靴を脱いで上がりこんだ。ぞろぞろと廊下を抜ける。

皆が「おめでとう」と次々に出産祝いを渡す。香坂は「いいのにぃ」「ありがとうございますー」と芝居がかった動作でうやうやしく受け取った。僕が持参したのは六ヶ月の赤ん坊用の服と靴下のセットで、美羽と一緒にネット通販で選んだものだった。

奥の襖が開いて茶色い髪の女性が現れた。皺が目立つことをのぞけば香坂とそっくりな顔をしている。彼女は深々とお辞儀をして、

「平素は娘が大変お世話になっております。伊織の母です」

と言った。「いやあ、ですよね」と答えたのは志垣だった。

「赤ちゃんは？　男の子だっけ？」

佐倉が訊く。「伊織ちゃんの子供なら絶対かわいいだろうって思ってて」

「やー全然。猿みたいですよ」

長いスウェットの袖を振って、「こっちです」と歩き出した。襖を開ける。

六畳間の和室に赤ん坊の姿はなかった。それどころかベッドも布団もなかった。子供のおもちゃもぬいぐるみも見当たらない。

「え？」

声を上げたのは佐倉だった。香坂はよたよたと畳を突っ切り、飴色の簞笥の前でしゃがみ込む。下から二段目の抽斗の取っ手を、両手で摑んで「んしょ」と一気に引く。中にはおむつをはいた赤ん坊が入っていた。金髪は少なく、青い目はほとんど開いていない。取り囲むようにして消臭剤が置かれている。

「……んん？」

かすかな声で困惑を示したのは赤城だった。志垣は口をだらしなく開いて赤ん坊を見つめている。佐倉は両手で口を押さえていた。目が凄まじい速度であちこちをさまよっている。

僕はただ棒立ちになって赤ん坊と香坂を交互に見ていた。

「息子の達郎です。ほらね、猿みたい」

香坂は無造作に赤ん坊の頰を指で突いた。赤ん坊が手足を力なく振る。表情がみるみるうちに歪み、顔が赤らんだ。

ぶええ、と弱々しい声を上げた瞬間、香坂はバンッと音を立てて抽斗を閉めた。泣き声がかすかにしか聞こえなくなった。

「はい、うるさいからここまで。すみませんねどうも」

香坂は何事もなかったかのように言って、「いてて」と腰を浮かす。

赤城が固まった笑みを浮かべて一歩踏み出した。

「どういうこと？　赤ちゃんそこで育ててんの？」

「ええ」

香坂はスウェットの袖で鼻を擦ると、

「便利なんで。泣いたらこうやって閉められるから」

「いやいや、閉めたら駄目でしょ」

引き攣った顔で赤城が言った。「あやしてあげないとさ。何か悪いとこがあるかもしれない」

「ないですよ。分かります」

ニッと笑みを浮かべて香坂が打ち消した。

「ちょっと突いて痛かっただけです。すぐ治まりますよ」

「いや母乳とか」

「大丈夫ですってもう」

ぶんぶんと袖を振ると、

「授乳機入れてあるんで、勝手にやってくれます」

「勝手にって……」

「あ、あのさ」

赤城はとうとう絶句した。くぐもった泣き声はまだ続いている。僕は完全に混乱していた。今ここで目の当たりにしていることと、香坂が子供を授かるまでの苦労がまるで結び付かない。

「ネグレクト……っていうんじゃないの、これ」

志垣がつるりとした頭全体を汗で光らせてつぶやく。香坂が「うーん？」と唇を尖らせた。短い髪をばさばさと掻くと、

「虐待ってことですか？　まっさかあ」

と不満そうに言う。

「でもさ」志垣は箪笥を指すと、「放ったらかしってことでしょ。泣いてもウンチとかしても」

「ええ」当たり前のように香坂が答える。

「それネグレクトって言わない？」

「いえ、それってまた別の話ですよね？　子供が嫌いだったり無関心な親がするやつ」

香坂は両手を腰に当てると、

「わたし達郎のこと好きですもん」

堂々と言う。

「だからね」志垣は唇の上にまで汗をかいていた。「好きなら面倒とか見てあげるの

が親じゃないの？　うちはそうだよ？　ちっちゃい頃はカミさんに任せっきりだったけど、それでもミルクとかあげてたよ。服着せたりシモの世話だって」

「えー？　何でそんなことしないといけないんですか？」

身体を斜めに傾けて香坂が笑った。

「な、何でって……」

志垣も絶句する。赤城と並んで呆然と香坂を見つめている。僕は必死で考えをまとめて、彼女に声をかけた。

「し、しないでいいってこと？　こ、香坂さんの中では。面倒を見たりだとかは」

「はい」

またしても彼女は普通に答えた。僕もいつの間にか汗をかいていた。背中が冷たく湿っている。

「な、何で？」

言葉を選ぶ余裕もなくなっていた。単刀直入に訊いていた。

「そりゃあ」口を袖で隠し、身体を揺らしながら、

「コキュニア飲んだからです」

香坂は言った。それ以上の説明をする様子はない。

「飲んだからってこういうのは、ど、どうなのかな。飲んで産んだらお終いって考え

方は……」

「え、飲んで産んだらお終いですよね？」

平然と訊く。頭の中でようやく言葉が繫がって絡み合って筋道が通った。彼女の言っていることが理解できる。だからこそますます身体が凍り付いている。

香坂はこう考えているのだ――計画出産児を産んでしまえば、親の責任はすべて果たしたと。それ以外のこと、例えば養育をする必要はないと。

「どこの家でもこんな感じですって。この辺のママさんたちも大体そうだし、授乳機だってネットオークションで買ったし」

ねえ、と僕たちの背後に向けて呼びかける。

「そうね」

答えたのは彼女の母親だった。うふふ、と穏やかな笑い声を上げると、

「育児って変わりますから。今はほら、コキュニアが全部やってくれますよね？　頭も見た目も。病気になりにくいって話も聞くし」

両手を胸の前で組み、うっとりした顔で、

「いい時代になったわねえ、ママにとって。わたしの頃は何から何まで、いちいち面倒見なくちゃいけなかったもの」

本当に羨ましそうに言った。

泣き声が途切れ途切れになっていた。ぐすっと水っぽい音がして振り返ると、佐倉がぼろぼろと大粒の涙を流していた。

玄関を出て児童相談センターに連絡したのは僕だった。短い期間で立て続けに電話するなどとは想像もしていなかった。彼らの対応は今回も迅速で、すぐに職員が三人やってきた。

「だからあ、何がおかしいんですか？」

香坂は職員たちを前に頬を膨らませていた。母親はおろおろするばかりだった。

赤城と志垣をその場に残し、僕は泣き止まない佐倉を家まで送った。自分の家に着いた頃にはすっかり暗くなっていた。

黙っている僕に美羽は話をせがんだ。「知らない方がいい」「子供によくないかも」などと言っても彼女は折れず、僕はしぶしぶ香坂について打ち明けた。

「……たまに聞くよ」

僕が話し終えると彼女は最初にそう言った。ベッドで寝返りを打つと、「ニュースでも。あとウェブのママさんコミュニティでも。最近増えてるんだって」

ワンピースの上から細い指で腹を撫(な)でる。表情は暗かったがダメージを受けた風には見えなかった。僕はベッドの隅に腰かけて彼女の顔を見つめていた。見慣れたはずの顔がまるで知らない人間のように見えた。

「どうしたの？」

「いや」僕は何度か言いよどんで、

「美羽もひょっとしたらって思ってたから。帰り道でずっと」

「わたしは最初にニュースで見た時、彬はどうだろうって思ったよ」

美羽は唇を結んで僕を見上げた。

「コキュニアは親の義務で、飲まないのダメゼッタイみたいな感じだから余計に。物凄い信頼してる……信頼しすぎてるんじゃないかって」

「それは美羽だって」

「まあね」

両腕で腹を抱くようにすると、

「でも産むのがゴールじゃないから。大変だし準備もたくさんしないといけないけど……」

うっすら微笑を浮かべて、

「想像するのは産んでからのことが多いよ。どんな顔してるのかな、何して遊んであげたら喜ぶかなって」

と言った。

「よかった」

僕はほっと安堵の溜息を吐いた。

「僕もそうだよ。もう何のおもちゃ買うか考えてる。どんな番組見せたらいいかとか」

「『アンパンマン』じゃない？」

彼女はくすくすと可笑しそうに言った。僕が生まれるはるか以前から放送されていた子供向けアニメだ。

「最近キャラクターが五千人超えたんだよ。記念すべき五千人目は『岩塩ちゃん』だって」

「塩の種類なんだ」

僕は思わず笑い声を上げた。胸を覆っていた暗い靄は少しずつ晴れていった。安心もしていた。美羽は大丈夫だ。香坂やその母親とは違いコキュニアを偏重、いや信仰したりはしていない。僕もおそらく大丈夫だろう。油断してはいけないが、少なくとも頭ではこう考えている。

コキュニアは親の義務だ。だがそれがすべてではない。「産む」「育てる」は基本的にセットで、少しばかり科学が進歩したところで簡単に切り離せるものではない。いつか切り離せる時代が来るかもしれないが、今はまだ違う。

僕は美羽の側に寝転がって、「名前を決めよう」と言った。彼女は「うん」と横向きになると、枕元のタブレットを手にした。

○五

廊下のベンチで必死に祈っていると、弱々しい泣き声が聞こえた。次第に大きくやかましくなる。一度に沸き上がった無数の感情に混乱しながら立ち上がる。

分娩室のドアが開いた。担当医がマスクを取って僕に微笑みかける。もみ上げは金色で瞳は青い。三十歳くらいの計画出産児――いや、計画出産者の青年だった。

「おめでとうございます。元気な男の子です」

彼の言葉を聞いた瞬間、僕の全身から一気に緊張が解けた。同時に歓喜が爆発した。医師の側を駆け足ですり抜けドアをくぐる。

分娩台の上でシーツを掛けられた美羽が、幸福な笑みを浮かべて赤ん坊を抱いていた。疲弊しきっているのはこけた頬で分かったが、それ以上に嬉しそうだった。駆け寄って白いタオルに包まれた赤ん坊に顔を寄せた瞬間、僕の心臓が音を立てた。

赤ん坊の頭にまばらに生えた髪は、すべて真っ黒だった。

わずかに開いた分厚い瞼から覗く目も、墨のように黒い。

髪も目も黒い奇怪な赤ん坊が、美羽の腕の中で「うええ」と声を上げていた。

ぐらりと分娩室が揺れるような感覚に襲われた。何とか体勢を整えて美羽に声をかける。

「みう、ど、どうして」

「え？」

笑顔のまま美羽がこちらを見上げる。僕は吐き気を覚えながらこう訊ねる。

「な、何で……その子は」

「どうしたの？」

「デキオだ」

僕は一言で言った。周囲をはばかる余裕など少しもなかった。渇き切った口を無理に動かして、

「何でデキオが生まれたんだ？　気付いてないのか？」

震える声でそう訊く。美羽はぽかんと口を開けて、腕の中の赤ん坊を見た。笑みがゆっくりと消えていく。目が困惑と恐怖に激しく痙攣する。

「あ、あ」

細い肩がわなわなと震える。くるり、と瞳が目の裏に消え、彼女は失神した。糸が切れたようにだらりと脱力する。僕はとっさに彼女の身体ごと、小さな赤ん坊を抱き止めた。

「しばしばあります」

分娩室の外の廊下で医師は言った。キャップは外していた。丁寧に固められた金髪を手で押さえると、

「コキュニアの形質的特徴が現れない。世界中で既に何百例も報告が。事実です」

淡々と告げる。

「そ、それよりも」

僕は腕の中の赤ん坊――義仁を起こさないように声を落として、

「いわゆるその、浮気という可能性の方が」

「ゼロです」

医師はあっさりと断言した。

「事前検査で。森村彬さんのお子さんでない可能性は二兆分の一以下。事実上ゼロです。あと先ほど瞳孔の反応も確認しました。義仁くんは間違いなく計画出産児です」

「で、でも色が」

「ですから形質の話です。外見に現れていないだけ」

僕は何も言えなくなった。赤ん坊は更に重くなっている。腕に痺れを感じた頃、医師の端整な顔に困惑の表情が浮かんでいることに気付いた。

「失礼ですが何か問題でも？」

彼は訊いた。「些細なことでも全然。遠慮なくどうぞ。仰ってください」と続ける。聞き慣れているはずの計画出産者の口調がひどく冷酷に聞こえた。馬鹿にされているようにも思えた。

知能は高い。最近は健康面でも優れていると噂されている。義仁はそうした計画出産児の性質を備えているという。

しかし見た目はデキオだ。周りからはデキオにしか見えないのだ。僕もそうとしか思えない。父親である僕にさえも。母親である美羽にさえも。

「このまま、そ、育てろと……？」

絶望的な気持ちで僕は言った。義仁を抱きなおして、

「デキオとして、世間から白い目で見られて」

「見られますか？」

医師は首をかしげた。鋭い視線で、

「よしんば見られるとして、だから嫌だ、育てたくないと？」

そう問いかける。口調が厳しいものに変わっていた。

違う、と言おうとして僕は口ごもった。全然違わない。育てるのが嫌だ。僕ははっきりそう思っていた。図星を指されていることに気付いて愕然としていた。

「度々失礼ですが」

医師は小さく溜息を吐いて、

「それは親御さんの話です。この子の話では全然」

と言うと、義仁に顔を近づけた。「よしよし、かわいい」と裏返った声で囁きかける。義仁は薄目を開けて医師を見つめていた。まだ見えてはいない。そう分かってはいても黒い瞳に好奇心が宿っているような気がした。生まれ出たばかりの無垢な心が、近くの音と気配に興味を示している。未知の世界に触れようとしている。

僕は義仁の頬に指でそっと触れた。

かさかさした頬から温もりが、はっきりと指先に伝わった。

「おはよう」

午前六時。寝室を出ると僕はリビングに呼びかけた。壁際の水槽の前で義仁が振り向く。黒い目は潑剌としていて寝起きとは思えない。金色の髪は根元がわずかに黒くなっていた。

「おはよ」

義仁はそう言うと再び水槽に目を向けた。

近寄ってパジャマの背中をポンと叩く。彼は何の反応も示さずじっと水槽を覗き込んでいる。僕は彼の隣に並んで身体を折り曲げ、同じように水の中に目を凝らした。二匹の柳星張が泳いでいた。今年の四月、義仁の十歳の誕生日に買ってやったものだ。一匹は悠々と軽やかに泳ぎ回っている。

もう一匹は水槽のガラス板に沿うように、ゆっくりぎこちなく泳いでいた。白い糸はもつれて絡まり、赤い皮膜はどちらも萎縮して歪んでいる。

「治らないかな、羽根」

心配そうに義仁がつぶやいた。「こないだの薬、ダメみたい」

「いや、まだ分からないよ」

僕は明るい声で言うと、彼の髪をくしゃくしゃと掻き回した。

「さ、準備しよう」

浴室で裸になった義仁に専用のクロスを羽織らせ、シャワーで髪を軽く湿らせる。チューブからヘアカラーを捻り出して専用の櫛で髪に塗る。義仁は退屈そうな顔をしていたがもう嫌がったりはしない。七歳までの間はぐずって暴れて本当に大変だった。

「偉いぞ、もう立派な大人だな」

思わずそんな言葉が口から出ていた。義仁はふんと鼻を鳴らして、

「偉くない。でも大人は大人。妥協」

と答えた。僕は何も言えずに彼の髪を梳き続けた。

頃合を見計らって洗い流すと、義仁の髪は根元まで金髪に染まっていた。廊下から美羽が顔を出して、「ご飯できたよ」と呼びかけた。

テレビのニュース番組から流れる音をBGMに朝食を摂っていると、男性アナウンサーの声が頭に届いた。思わずテレビの方を向いてしまう。

「——作曲賞を受賞したシリーズ百作目『スター・ウォーズ／ジャー・ジャーの陰謀』ですが、全スコアを作曲したシノミヤ・クラハさんは日本生まれ日本育ちの日本人であり、同賞の受賞は日本人では二人目、坂本龍一さん以来となります。シノミヤさんはプロフィールをほとんど明かしておらず授賞式も欠席。オスカー像を受け取ったのは監督・脚本の——」

金髪碧眼の男性アナウンサーはまるで自分の手柄かのように、嬉しそうに原稿を読み上げていた。美羽の視線に気付いてうなずいてみせる。

「凄いね」

「うん」僕はそう答えた。実際そう思っていたし嬉しくも思っていた。同時に心を痛めていた。

玖羅葉は表舞台に出られない。両親がまともだったらまた違う未来もあったかもしれない。彼らにちゃんとコキュニアを服用するだけの賢明さがあれば、彼女は堂々とオスカーを受け取っていただろう。あるいは偽装してもいいはずだ。僕が義仁にしているように。

今の世の中ではこれが一番正しいはずだ。絶対に間違ってなどいない。

食事が終わり着替えを済ませると、僕は昨日届いた新しいコンタクトレンズの箱を手にした。洗面所に向かうと義仁が鏡を見つめていた。

「今度のは着けたままプールに入れるし、泣いた時の紫色も自然だそうだ」

「へえ」

興味なさそうに義仁が答える。

「嫌なのか?」

「別に」彼は首を振った。金髪が揺れる。洗面台に手を突いて鏡に顔を近づける。

「……仕方ない。この目は変だから。妥協」

義仁は鏡の中の自分を見つめたまま、ぼそぼそとつぶやいた。僕は「すまんな」とうなずいて、箱から容器を二つ取り出す。

透明な容器の中で青いコンタクトレンズが、蛍光灯の光を受けて輝いていた。

マリッジ・サバイバー

〇一

幼い頃を積極的に思い出すことはほとんどないが、ふとしたきっかけで脳が記憶を再生し、当時の感情を呼び覚ますことがある。特定の匂いを嗅(か)いだ時だ。

捨て忘れた生ゴミが三角コーナーで放つ腐臭は、誰もいないアパートの室内を思い出させた。汚れた換気扇から差し込む西日の色まで、目の前にまざまざと浮かび上がる。十八になるまで住んでいた家だ。

混雑した電車に立ち込める中年男性特有の脂っぽい体臭は、父親の大きな身体の温かさと、頬髭(ほおひげ)のくすぐったさを思い出させた。顔は覚えていない。よくスーツを着ていたような気もするが、どんな仕事をしていたのかは分からない。小学校に上がる頃には父親は家を出て行った。離婚したと知らされたのはずっと後になってからだ。

母親は中小企業の社員食堂で働いていた。そして新興宗教だか自己啓発セミナーだかに熱心だった。義務教育の間、毎朝六時に近くの集会に連れて行かれたのを覚えている。「朝の集い」だか「早朝の会」だか、いずれにしても凡庸な名称だった。

集会所は教祖あるいは代表の自宅だったのだろう。畳敷きの大きな部屋にはいつも数十人の男女が座っていた。俺と同世代の子供も何人かいた。

集会の内容を思い出すのは線香の匂いを嗅いだ時だ。

「すべては心です」

教祖あるいは代表らしき枯れた老人が、集まった人々の前で厳かに言う。床の間には折れ曲がった木に数珠(じゅず)を絡めたオブジェが飾られていた。その手前、香炉に刺さった幾本もの線香から、白く長い煙が立ち上っている。

「科学技術に頼らずとも、人は心を通わせることができる」

老人はもったいぶった動作で合掌する。人々も、俺もそれに倣う。

「心で願い、祈り、宇宙と和合する。そうすれば地震をも止めることができるのです。そう、今まさにこの瞬間のように」

俺が生まれるずっと前に起こった東日本大震災、俗に言う3・11の後、こうしたことを言い出す人間が続出したという。既存の新興宗教だけではない。個人でも「自分はいま地震を止めている」と超自然的な力があることを吹聴し、「一人では難しい。皆の力が必要だ」と仲間――信者を募り、その寄付で暮らす人間が大勢いたらしい。彼らは主にネット、特にSNSを駆使して活動を続けた。

老人もその一人だったのだろう。床の間の木は「御神体」か「御本尊」か知らないし今更調べる気はさらさらないが、きっと津波の引いた後、被災地に転がっていた流木に違いない。

その手のいわば震災カルトたちはその後様々な道を歩んだが、彼の場合は精神世界に傾倒した結果、物質文明や科学技術を否定することを選んだ。ネットを活用して信者を集めていたにもかかわらず。集会所には常に明々と電気を灯し、夏は涼しく冬は暖かくしていたにもかかわらず。

今ならその矛盾を指摘できる。嘲笑って集会所から飛び出すこともできる。だが子供の自分は黙って彼の話を聞いていた。母親は真剣に耳を傾け何度も何度もうなずいていた。

そんな環境だったから俺はタブレットの類を一切持たせてもらえなかった。

小学校でもそんな生徒はクラスで俺だけか、せいぜい貧しい家のヤツがもう一人いるくらいだった。連絡もできず、ゲームもできず、配信番組を見ることもできず、最新の話題を共有することもできない。

「すごいな」

小五の一学期。関西から転校してきた名前も思い出せない男子は、俺の家に上がるなりそう言った。狐のような目が無邪気な好奇心で輝いていた。

「社会の資料集に載ってたわ。前の学校で使ってたやつ。それとおんなじ」

「何が？」

俺は訊いた。彼は感心した様子で、

「『二十世紀の文化』ってとこの、イッパンカテイの写真そっくりや」

興味深げに狭い家を見回した。実際そのとおりだった。玄関の鍵はアナログ極まりないシリンダー錠で、ちゃぶ台の上にはテレビとエアコンの専用リモコンが並んでいた。

彼が「あれ何なん？」と指差したのは固定電話だった。

取り残されている。そう感じるより先に俺は母親のことを心配した。自分以上に不便な思いをしているのではないか。仕事で大変な思いをしているのではないか、と。父親と別れ傷付いた心を癒すために集会に通っている。老人の言葉を聞き、参加者と交流することで救われている。そして自分を慈しみ養う気力を奮い立たせている。日々の不便さと引き換えに。

俺は母親のことをそんな風に考えていた。馬鹿だと今なら分かる。

母親は俺が中学に入ってすぐ、集会によく来ていた清水という男と再婚した。彼は当たり前のようにアパートに転がり込み三人の生活が始まった。

清水の吸っていた煙草はピースだ。今の職場の同僚、山崎が愛飲しているのと同じ銘柄。職場で彼が近くを通るたび、俺は清水のことを思い出す。

彼はごく普通の人間だった。だから母親が自分との子供を産んだ途端、俺に見向きもしなくなった。結婚相手の瘤に過ぎない存在と、自分の子供を同等に愛せるのは聖人君子だけだ。俺はそう考えて日々を過ごすようにした。清水に関して思うところは何もない。思い出しても何の感情も沸かない。

膨らむのは母親への憎しみだ。

「やっぱりさ、実際に顔合わせて付き合うのが普通なんだよ」

中学一年の冬だった。清水との間にできた子供——明日菜の寝顔をタブレットで撮影しながら、母親はそんなことを口にした。清水はうなずいて返す。

「ネットで出会ってもいいことなんかなかったし。気持ちは機械なんかじゃ育めない」

俺の父親のことだろう、と今は察しが付く。母親は明日菜をあやし、彼女の顔や仕草をあらゆる角度から記録していた。

俺ははっきりと悟った。

母親はただ「出会い」とやらを求めていただけだったと。よりよいパートナーをあの集会所で探していただけだと。その証拠に再婚してほどなく、母親は朝の集会にも節目節目のイベントにも参加しなくなっていた。清水も同じだった。彼の手にもタブレットが握られていた。

取り残されている。学校だけでなく家からも。

タブレットが欲しいとその場で駄々を捏ねた。中学生にもなってみっともない真似だと今は自分を笑えるが、その時は必死だった。驚いた明日菜が泣き喚き、俺は母親に何度も殴られた。清水はへらへらと笑っていた。

ようやくタブレットを渡されたのは中学三年の秋だ。明日菜が保育園に入り腕輪型の幼児用デバイスを購入する「ついで」だった。中古ショップで買ったものらしく液晶画面にもボディにも細かい傷がたくさん入っていて、バッテリーが不調でフル充電しても一時間保たなかったが、それでも嬉しくはあった。

「ハイこれ」

タブレットを使い始めて間もない頃、クラスの三谷がそう言ってシリコン製の青いタブレットケースを差し出した。たしか昼休みのことだ。

「親父がそこの社員で、純正品のサンプルを山のように持って帰ってくるんだよ」

わざとらしいほどうんざりした口調で言う。実際のところはどうなのか分からない。それでも自分を気遣っているのは分かった。

「ありがとう」

素直に感謝を述べてケースを受け取った。彼は「やっと一つ在庫がハケた」と笑顔を見せた。

真新しいシリコンの匂いを嗅ぐと今でも思い出すやり取りだ。三谷には高校でも世話になった。タブレットの使い方はもちろん、俺が触れてこなかった娯楽や文化について教えてくれた。タブレットもケースも、十八で家を出るまで使い続けた。

○二

そろそろ結婚した方がいい。そう思ったのはここ最近のことだ。三十五歳になって程なく。

さもないと出世できない。理由はそれだけだった。勤めている生活雑貨メーカー「エフデー」は未だに所帯持ちが優遇される。ゲイやトランスジェンダーを明かしている社員は何人かいるが、いずれも課長クラスに留まっている。馬鹿げた「裏」社則があることには気付いていたが、俺はそれに従うことを選んだ。どこも似たようなものだろうし、俺には関係ない。

二年前に結婚した山崎が次長になったせいもあった。

彼が俺よりも実績があることは事実だ。ここ十年で最大のヒット商品であるツタ型消臭ユニット「からまる君」を企画したのは他ならぬ山崎だ。消臭効果を謳うフェイクグリーンは大昔からあったが、からまる君の効果は桁違いではるかに安い。当初はオフィス内での使用を想定していたが、最近は家の外壁をからまる君で覆う戸建ても増えている。

だがそれ以上に山崎は結婚してから格段に健康的になった。そして人柄も丸くなった。つまり「人材」としてより優れたものになったわけだ。尖っていたはずの顔はいつの間にか丸みを帯び、険しい表情は穏やかに、皮肉な物言いは明るく誠実なものに変わった。煙草は止められないようだが本数は独身の頃より確実に減っている。

「僕の作るいい加減な料理が好きなんだってさ。味が濃くてパンチがあって栄養とか何も考えてないやつ」

定時に帰るようになった彼に「嫁が帰りを待っているのか」と何かのついでに訊いたところ、彼は屈託なくそう返した。わざとらしく面倒臭い振りをするわけでもなく、かといって自慢するでもない、ごく自然な物言いだった。俺は山崎の変わり様に大いに驚いた。「今どき結婚なんて古い」「どうしてもとなればビジネス婚だろうな」と公言していた彼とはまるで違っている。

「そんなにいいものなのか」

ある日の午後十一時。珍しく遅くまで残っていた山崎に俺は率直に訊いた。肝心なことを言い忘れ、慌てて「結婚生活は」と補足する。

白で統一されたフロアには俺と山崎以外、誰もいなかった。

俺の背後を通り過ぎようとしていた彼は、立ち止まって少し考えてから、

「僕にとってはね」

と答えた。「ユカもそうだといいけど」と付け足す。押し付けにならないようなるべく理性的な言葉を選んでいるらしい。親と家庭環境については同じ部署になった翌年、酒の席で打ち明けていた。恋愛結婚に興味が持てずにいるどころか、嫌悪していることも。

ピースの臭いが鼻を突き、また継父の清水のことが脳裏をよぎった。社内は商売がら常時無臭が徹底されていて勤務中は匂いに悩まされることも滅多にないが、この距離だとさすがに分かる。

「どうかした？」

山崎が不思議そうに見下ろしていた。無意識に顔をしかめている自分に気付き、

「いや、あんまり楽しそうにしてるから、ちょっとな」

俺は嘘でないことを言った。廊下側の壁一面を覆うからまる君を眺めていると、

「思うところがあるならエニシに登録するといい。僕はこれでユカと出会えたし、お前には向いているだろうしね」

山崎は柔和な笑みを浮かべた。エニシ――国内最大手のマッチングサイトだ。少子化対策で国が支援していることを謳っていて成功率も高い。アフターケアも抜群だという。

「評判は聞いてるけど……」

「それだけじゃない。利用者数は国内一だ。女性はもちろんだけど、男性もね」

「だったら競争率も高いってことじゃないか？」

思わずそう訊いてしまう。この手のサイトは男性利用者が圧倒的に多いと何かのニュースで読んだことがある。

「それはまあ、どこも同じさ。でもそれだけ色々な方法がある。より楽しくより自由に、より円満な家庭をより長期にわたって築く方法がね」

山崎は意味深な言葉を並べ立てる。

「どういう意味だ？」

俺が訊くと、彼はタブレットを掲げた。結婚指輪が蛍光灯の光を反射する。

「助けになってくれる人は大勢いるってことさ。利用者が多い分ね。他のサイトとはその点が大きく違う」

液晶を指で示す。いつの間にか真剣な表情になっていた。

「お前は多分、助けがたくさん要るから。僕にできることがあれば協力するよ」

「すまん、ちょっと意味が分からない」

俺は率直に訊く。さっきは「向いている」と言っていたのに、今度は「助けが要る」だ。矛盾とまでは言わないがちぐはぐに聞こえた。

「登録してみたら分かる」

彼はそう言うと「じゃ、そろそろ帰らなきゃ」と出て行った。青々としたからまる君を眺めながら、俺は何の匂いもしないオフィスで一人考えていた。

デスクのタブレットを手にする。つい先日買い換えたばかりの新品。ついでにカバーも新調した。シリコン製で色は今回も青だった。

鼻に近づけてカバーの匂いを嗅ぐと、反射的に三谷のことを思い出した。高校を卒業してから会っていないがSNSでの交流は続いていた。

母親とも清水とも家を出て以来連絡は取っていない。明日菜は社会人になっているはずだが、今どうなっているかも知らないし知りたくもない。連中には愛情も思慕も感謝の念もない。

だが三谷には感謝している。友人にはそれなりに恵まれているらしい。だから今回も友人の――山崎の提案には乗っていいだろう。

タブレットを顔から離すと俺は帰宅の準備を始めた。

「そういうことか……」

午前一時、自宅のマンションのリビング。一人用のソファにもたれ、俺はタブレットを投げ出すと溜息(ためいき)を吐いた。液晶画面にはエニシの登録フォームが表示されている。

必須記入項目は住所氏名、生年月日に性別に連絡先。職業、勤務先、役職に年収。資格と賞罰。クレジットカードの暗証番号に実名登録制SNSのアカウント。そこまでは何の問題もない。

問題は最後の項目だった。

保護者のSNSアカウント。

あるいは自分が写っている画像ないし動画五百点以上をアップロードすること。

記入欄の端にある「?」マークをクリックすると、ポップアップにテキストが表示された。

〈この項目は登録者様のこれまでの社会生活を計測するため必須となっております。入手した画像ないし動画ファイルから当該サービス独自のプログラムにより、点数・被写体である登録者様の撮影時の年齢・表情・衣服・音声・動作・その他の情報を分析し、登録者様のプロフィールをより実際のものに近づけることでマッチングを円滑に進めることを目的としております〉

大多数の人間にとっては容易いことなのだろう。抵抗を覚えるやつは少なからずいるだろうが、それは自分の持ち物を見せたくないだけのことだ。

俺は保護者と繫がっていない。自分が写った画像や動画はあるが、あのアパートで撮ったものは一点もない。五百点あるかどうかも怪しい。

注釈には明記されていないが、この項目は登録者の経済力や社交性を測定する目的がある。そして「家族関係に問題を抱えている者」「ネット環境に親しんでいない者」を弾く意図もある。そんな人間と結婚したがるやつはいない、というわけだ。

こんな最初の段階で俺はふるい落とされようとしている。

山崎の言葉を思い出していた。手助けがいる。つまり一人では無理だ。仄めかすような言い方が気にはなったが彼の推論は当たっていたわけだ。

俺はタブレットに保存された画像と動画を確認する。全部で二百点。自分が写っているものはわずか九十二点だった。

思い出してクラウドも確かめた。画面にずらりとならぶサムネイル。ホッとして数えると百数点だった。足りない。エニシに言わせれば「必要な項目を満たしていない」ことになる。

馬鹿げている。

保護者とSNSで繋がっていること、画像や映像で自分を記録すること——記録し続けることが普通なのか。健全で真っ当なのか。

無意識に舌打ちを繰り返している自分に気付いた。怒りを抑えつける。

落ち着け。放り投げるのは簡単だ。まだやれることはあるだろう。自分が写っている画像なり動画なりは探せば見つかる。例えば友人知人が撮ったものがある。

タブレットで山崎にショートメールを送る。現状を端的に説明し、画像ファイルを送るよう頼む内容。五分と待たずして返信が届いた。

〈僕が持っているのはこれで全部だ〉

続けて膨大な画像が届く。入社式の集合写真、歓迎会の一幕、同期何人かで釣りに行った渓流。懐かしさとありがたさを感じながらダウンロードする。タブレットに新たに保存された画像と映像は全部で二百点あった。

三谷にも正直に事情を打ち明ける。これもすぐさま返事が届いた。

〈偶然捨てなかっただけだけど〉

そっけない文面のメールには百数点の画像が添付されていた。

これでこの項目はクリアできる。やはり持つべきものは友人だ。俺は思わず液晶画面に向かって「ありがとう」とお辞儀をした。

集まったファイル五百点と少しをまとめてエニシにアップロードすると、数秒後に「アップロード完了」と表示された。「登録する」のボタンを押す。現れた確認画面を何度も見直し、長い長い利用規約を流し読みして、「規約を了承する」「登録する」を連続で押す。

しばらく経って、

〈登録が完了しました〉

とテキストが表示された。すぐに個人アカウントのページが現れる。左上には俺の名前。履歴欄には今日の日付と「登録開始」の文字。顔写真は山崎が仕事の合間に撮った、俺の真剣な横顔がセレクトされていた。

関門は突破した。感情が掻き乱されただけで作業としては簡単だった。終わってしまえば腹も立たない。俺は胸を撫で下ろす。

メッセージボックスにはエニシ運営からの「登録ありがとうございます」と題された挨拶メッセージが一通入っていた。そしてもう一通。件名は「初回ポイントのご案内」。

文面はこんな内容だった。

〈記入項目から算出したあなたのポイントは2です。あなたのマッチングを全力でバックアップいたします〉

ポイントとは何だ。それが「2」とはどういうことだ。チュートリアルやヘルプを調べて理解する。そして愕然とする。

男性利用者は何をするにもポイントを消費する必要がある。女性利用者のプロフィールを閲覧する時は5ポイント。メッセージを送る時、相手からのメッセージを読む時は10ポイント。それだけではない。月ごとに10ポイント支払わなければ登録を抹消されてしまうのだ。1ポイントは千円で買える。女性はすべてのサービスが無料で使える。

特におかしなことではない。むしろ妥当だ、最適だと素直に呑み込める。理不尽極まりないのは俺のプロフィールが2ポイント、二千円の価値しかないと判断されたことだった。エフデーは決して小さな会社ではない。平社員だが給料は悪くない。それでこの査定。

画像と動画のせいだ。

幼少期のものがないこと、点数が規定ぎりぎりであることから「当該サービス独自のプログラム」が判断したに違いない。

タブレットを持つ手が震えていた。西日の差すアパートが頭に浮かんでいた。台所でまた生ゴミが腐っていて、その臭いが過去の記憶を呼び覚ましているのだ。うっかり片付け忘れたらしい。台所消臭剤「きえさる君」の効果も切れたらしい。俺が子供の頃から販売されているエフデーのロングセラーだ。

俺は立ち上がると台所へ向かった。一歩進むだけで酷く疲れを感じた。

意外にもダメージを受けたのはその時だけだった。金がかかるのは登録前から分かっていたし、過去の暮らしをそれ以上思い出すようなこともなかった。目的が明確だったせいもあるだろう。俺はただ所帯持ちというスペックが欲しいだけで、誰かと仲睦まじく過ごしたいわけではない。

そう割り切ればエニシのシステムはむしろ合理的に思えた。ある局面では自分に適していているとさえ感じた。「フレグランスチェック」サービスだ。

10ポイントで配送されるティッシュ箱ほどの「チェッカー」。これをタブレットに同期させて上部に手を置くと、数分で体臭が数値化されエニシの自分のアカウントに登録される。女性はチェッカーの吹き出し口に鼻を近づければ俺の体臭──正確にはデータの数値を基にチェッカー内の化学物質を合成した匂い──を嗅ぐことができる。もちろん俺もチェッカーを使えば女性の体臭を知ることが可能だ。香水を日常的に使っているか、どんな匂いのする環境にいるかもある程度は分かる。

〈フレグランスチェックサービスは生理的な相性をオンラインで判断するため弊社が独自開発した、画期的な体臭登録・共有サービスです〉

チェッカーの取扱説明書には購入ページと同じ文言が書かれていて、俺は改めて「なるほど」と思う。長期的な関係を構築する以上、どんなに割り切っても生理的な相性は重要だ。体臭や生活環境の匂いがすべてではないが、それで相手を絞り込むことができるのはありがたい。特定の匂いと厭な記憶とが分かち難く結び付き、それで就職先をも選んだような人間にとって、このサービスは好都合だった。むしろ俺のために開発されたサービスにすら思えた。

山崎の言う「向いている」とはこのことだったのだ。いい時代になった、と考えるのはさすがに大袈裟だろうか。

俺が探したのは同じ目的――ビジネス婚を希望する女性だった。自分のプロフィールにもそう明記したし、相手を探す時もそこを最優先した。香水がきつい女性、ピースや線香の匂いがする女性は排除する。さすがに生ゴミの臭いがする女性はいなかった。

自分も体臭を理由に知らない誰かに排除されているのだろう。そう考えると少しばかり気が沈んだがそれはお互い様だ。

何人かとやり取りし、ある時は向こうから打ち切られた。ある時はこちらから打ち切った。特に後悔したり迷ったりすることはない。仕事とまったく同じ姿勢だった。

最初に会った女性は二十九歳の看護師。チェッカーの吹き出し口から漂ったのはかすかな消毒液の匂いだった。

休日に待ち合わせて食事を済ませ、コーヒーが届いたところで、

「画像の偏りが気になりますね」

彼女は機械のように言った。表情に乏しい細身の女性だった。

「普通ではないと？」

俺は訊ねる。彼女は当然のように「ええ」と答えた。

「それはデメリットですか、結婚する上で」

「ですね」

彼女はこれも当然のように答え、

「まあでも、専用サイトなんか使っても意味ないですもんね」

ふふ、と意味ありげな含み笑いを漏らす。

画像アップロードやSNS連係を一切しない婚活サイトがあることはエニシに登録してほどなく知ったが、そっちにすればよかったとは少しも思わなかった。リスクが大きすぎる。今現在のことしか分からない相手と結婚するなど考えられない。ただ会うだけでも警戒してしまう。

身勝手なものだと自覚していたが、何の記録も公開しない相手と関わるのは避けたい。そう判断していた。どれほど違和感や抵抗を覚えても、俺もまた今ここを生きる人間の一人だ。

「わたしは親を安心させるのがメインですから」

彼女はコーヒーを啜る。露骨に品定めする目で俺を見ている。

「なら会わないでもよかったんじゃないですか」

俺は笑顔で返した。交渉決裂はほぼ確定だ。これ以上だらだらと話しても意味がない。そう判断していた。

「見た目が好みだったので。容姿が気に入る相手は滅多にいませんから」

彼女は堂々と言った。それが逆に俺の興味を引いた。ここまで明け透けだと面白い、これから先もずっと腹を割って話せるかもしれない。

そこから彼女とは二度会った。結論を言えばそれで終わった。彼女が俺に告げたのは「何となく違うなと思った」という極めて感覚的なものだった。

結局のところ女性が最も大事にするのは主観らしい。恋愛感情とまでは言わないが理屈で割り切れない部分を重視するらしい。俺はそうやって自分を納得させて婚活を続けた。

静香と会ったのは登録して二年が経った頃だった。ポイント購入に五十万円費やし、一旦休憩しようかと考えていたまさにその頃。

〈ビジネス婚を希望します。大事なのは今現在とこれから先、その二つだけだと考えます〉

プロフィール欄に書かれていた一文が目を引いた。それ以外の記述はない。

蒲原静香、二十七歳。職業は派遣社員。保護者のSNSアカウントとは連係しておらず、画像も幼少期のものは皆無に近い。登録したのはごく最近だった。

彼女の体臭はほのかな石鹸の香りだった。

即座にポイントを購入してメッセージを送る。何度かやり取りして顔を合わせる。

実際に会った彼女はプロフィール画像と違い、表情豊かで快活だった。

驚くべきことに静香の境遇は俺と似ていた。実の父親とは死別し、母親は新興宗教にのめり込んで都合のいいところだけテクノロジーを遠ざけた。静香は二十歳になるまで田舎のコミューンにいて、信者たちと自給自足の生活を送っていたという。そこを出たのは母親が近所の農家の男性と付き合い、自分に何も告げず脱会したせいだった。

「似ていますね」

俺が自分の過去を打ち明けると、テーブルの向かいで彼女は手元を見つめながら、

「これも何かの縁かもしれない」

と、はにかみ笑いを浮かべた。

主観だ。感覚的な話だ。そう思ったが呆れたり落胆したりはしなかった。

俺も同じことを考えていたからだ。

「まさに縁ですね」

言ってから後悔する。あまりにも下らない。無関係なはずの周囲の客の笑い声が妙に耳に響く。

「良縁ですよ」

静香はそう答えた。

「きっといい関係が築けます。恋愛が介在しない、ただの共同生活を送れる。根拠は……似た者同士だから、だけですけど」

またぎこちなく笑う。ビジネス婚を「良縁」と呼ぶことに違和感はなくもなかったが、俺は「ですね、自分もそう思います」とうなずいた。

結婚しようと彼女に言ったのはそれから三ヶ月後、日曜日の朝のことだった。二度ほど身体を重ね、「悪くない」「でもそう多くは必要ない」と合意した直後。

「このタイミングで？」

布団に入った彼女はくすくす笑うと、「まあ、うん、よろしく」と俺に抱きついた。やがて身体を離すと枕元のタブレットに手を伸ばし、液晶にエニシを表示する。退会するのだろう。てきぱきと事を進める性格に好感を持つようになっていたが、今回は迅速すぎる。

「早いな」

俺は苦笑しながら言った。「何が？」と訊く彼女に理由を説明すると、

「まさか」

静香は液晶をスライドさせて、

「それじゃエニシに登録した意味ないから」

と明るく言った。

画面に表示されているのはたくさんの指輪だった。有名なブランドとコラボした、エニシでしか手に入らない結婚指輪。こんなサービスもあるのか、と俺は目を丸くした。女性専用のページだろうか。どちらにしろ俺は見たことがない。彼女が指輪を欲しがるのも意外だった。

「欲しいのか」

俺が訊くと、彼女はふふふと含み笑いをして、

「大事なのは今現在とこれから先だから」

と答えた。

プロフィールの一文だ。俺と静香がこうなるに至ったきっかけ。会って話すうちに彼女が本当にそう考えていることも把握していた。同意もできる。だがそれがなぜ今、このタイミングで出てくるのか。

訝る俺に気付いていないのか、彼女は「どうせなら可愛いのがいいな」と、楽しそうに指輪の画像を眺めていた。

〇三

午前七時。起きると同時にコーヒーの匂いが鼻をくすぐる。静香が近所で買ってく

る専門店のオリジナルブレンド。台所で彼女の鼻歌が聞こえる。

いつもの朝だ。婚姻届を役所に提出し、受理され、このマンションに越して半年。平日に繰り返されるありふれた朝の風景。映画か何かでこんなシーンが冒頭に流れたら、視聴者は「幸福な一般家庭」を連想するだろう。確かに幸福には違いない。お互いに干渉することもなく、それでいて困った時は助け合っている。望んだとおりのビジネス婚、共同生活だ。しかし——俺は暗い気持ちでベッドから出た。

「おはよう」

エプロンの紐を解きながら静香が言った。テーブルには二人分の朝食が用意されている。自家製のパン、ベーコンエッグ。中央のボウルにはサラダが、マグカップにはコーヒーが、グラスにはオレンジジュースが。

俺は「おはよう、いただきます」と席に着いた。

彼女は今どき珍しい自炊派だった。コミューンで暮らしたせいで自分で作るのが当たり前、という認識らしく、一人分作るより二人分作った方が経済的だという。当初は面食らったが静香の手料理はどれも美味で、俺はほどなく外食をあまり摂らなくなった。昼食も彼女お手製の弁当になった。上司たちは昼休みのたびに「愛妻弁当か、いいなあ」と古臭い言葉を投げかけてくる。

愛妻という言葉には語弊があるが、外でどうでもいい食事を摂るよりはずっといい。

健康的で経済的でそれに美味だ。俺が特定の匂いに敏感なことにも彼女は寛容で、「きえさる君」を気に入ってくれさえした。彼女との生活はメリットしかない。つまり合理的なわけだ。俺はそう割り切っていた。ただ一点を除いて。

左手の薬指。シンプルだが特徴的なデザインの結婚指輪が、台所の窓から差す朝の光を反射している。

「どうかした？」

いつの間にか対面に座っていた静香が、心配そうな顔で俺の顔を覗き込んでいた。

「疲れてはいないみたいだけど……」

「ああ、今はそんなに詰まってないしね」

俺は愛想笑いを浮かべてコーヒーを啜った。

洗面所を譲り合って支度を整え、一緒に家を出て最寄り駅まで向かう。道中はどうということもない雑談を交わし、駅で手を振って別れる。彼女の姿が見えなくなってから、俺は大きな溜息を吐いた。というより自然と吐いていた。いつものように薬指が重くなるのを感じた。

もちろん気のせいなのは分かっていた。重量が増えることなど有り得ない。ただオートで起動するだけだ。

内蔵されたGPSと各種センサーが、ペアの指輪と一定の距離を置いたことで。

俺が今どこにいるかはエニシを経由して静香に知らされる。体温も分かるし脈が上がっても下がっても分かる。指輪の着脱も。

これがエニシの「アフターケア」だ。

静香の言う「大事なのは今現在とこれから先」の真意だ。

俺は再び溜息を吐いてのろのろと改札を通った。

エニシ特製の結婚指輪は世間ではまるで問題視されていなかった。当たり前のことだと認識されていた。上司によると大昔は、パートナーのタブレットを盗み見る人間が少なからずいたらしい。指紋認証、そして脈で「生体であること」「覚醒(かくせい)していること」を計測してロックを解除する今現在では考えられないことだが、それに比べれば指輪による監視など取るに足りないことだという。社外秘の情報が漏れることもない。夜遊びや浮気がダイレクトに知られることもない。

物心ついた頃からタブレットに親しんでいる、同世代の連中も同じような理解だった。三谷に訊いても〈どういうこと?〉と逆に訊き返され、山崎に至っては「むしろ必要だよ」とさえ言い切った。

「倒れたらすぐユカに伝わるし、場所も分かるし。そのためのセンサーだよね?」

婚姻届を役所に提出し、指輪を交換した翌日の昼休みのことだ。会社の喫煙所でピースを美味そうに吸っていた山崎に、俺は指輪で困っていることを説明した。これは束縛だ。自由を奪われている——

話し終わって缶コーヒーで喉を潤していると、山崎は不意に表情を曇らせた。

「……申し訳ないね」

唐突な詫びの言葉に俺は戸惑った。

「お前がエニシで色々困るのは何となく想像が付いてたけど、まさかここに引っ掛かるなんて考えもしなかった」

彼は沈痛な面持ちで言って、煙草を灰皿で揉み消した。灰の臭いが鼻を襲う。俺は呆然と彼の仕草を眺めていた。

取り残されている。

母親からおんぼろのタブレットを貰って三谷に助けてもらいながら必死で使い込んで、何とか皆に追いついた。ずっとそう思っていたが勘違いだったらしい。ものの見方が決定的に違ったままなのだ。俺はそう痛感していた。

「逆にさ」山崎はふと思い付いたように、「奥さんのことは気にならないの？　指輪してるんだよな」と訊ねる。

「いや……チェックしたいとも思わない」

「そうなんだ」

しげしげと俺を眺めて、山崎は新たな煙草に火を点けた。俺の発言が信じられない、そう思っているのは口調でも態度でも明らかだった。ただ露骨に驚いたり奇異の目で見たりしないだけで。

俺は空き缶をゴミ箱に突っ込むと、「すまんな、変な話をして」と喫煙所を後にした。何をどう説明しても無駄だろう。俺は時代遅れを通り越して、過去からタイムスリップした古代人か何かだ。山崎にはそう見えているに違いない。

静香も彼と——他の人間と同じだった。監視されることに幼い頃から慣れっこになっていた。コミューンではデバイスこそ携帯しなかったが、センサー付きの腕輪やネックレスの装着が義務付けられていたという。

「監視カメラも盗聴器もあったよ、いろんなとこに。その時は気付かなかったけど、今考えたら異常だよね」

「これについてはどう思う？」

同じ日の夜。俺が指輪を示すと、彼女はきょとんとした顔で、

「普通じゃない？」

と言った。俺はそこで自分から話題を変えた。

慣れるしかないらしい。タブレットの使い方を覚え、皆が登録しているSNSに自分も登録し、ネットの話題を必死で追った中学生の頃のように、俺はまた頑張らなけ

ればならない。だが可能だろうか。四十を間近に控えた今になって、そこまで順応できるだろうか。

タブレットが鞄の中で震えているのに気付いて、俺は我に返った。満員電車の中で身を捩って引っ張り出す。

〈寝過ごした？〉

静香から届いたメッセージを見て、俺は慌てて窓に視線を向ける。見慣れない景色。乗り過ごしてしまったらしい。自分は今どこにいる。始業時刻に間に合うだろうか。焦りと倦怠を同時に覚え、俺は吊革を摑んで独りうなだれた。タブレットに素早く打ち込む。

〈ありがとう。でもそんなに細かく連絡くれなくてもいいよ。手間だろうし、仲睦まじい夫婦ってわけでもないし〉

ややあって静香から返信が届いた。

〈ええと、パートナーの動向チェックに仲睦まじいとか関係あるの？〉

酒席で歓楽街に行こうものなら〈帰宅は何時？〉、酩酊すれば〈大丈夫？〉、試しに指輪を外せば案の定〈何してるの？〉――これが世間では普通だった。よく見れば上司も同僚も部下も、仕事相手の人間も何かにつけてタブレットでパートナーに連絡していた。気付かなかったのは想像すらしていなかったせいだ。

俺はなるべく指輪について考えないようにした。監視されていることを忘れようとした。受け流す、やり過ごすことで日々を乗り切ろうとした。

しかし。

「どうして連絡しないの？　センサー見てないの？」

ある日の夜、遅く帰ってきた彼女がそう訊いた。

「いや、今日は残業だって聞いてたし……」

「そういうことじゃなくて」

静香はコホンと咳をして、

「気にならないの？　夕方から熱があるのに」

と充血した目で俺を睨んだ。

俺は打ち明けようとして止めた。ただ「悪かった」と答えて救急箱から風邪薬を手渡した。それからは彼女の指輪の情報をチェックするようにした。体温が上がれば〈どうした？〉、会社でない場所に移動すれば〈どこに行くのか〉——

静香はいつでもすぐ返事を寄越した。それもまた俺にとっては重荷に感じられた。

愛情があれば正直に言えたかもしれない。恋愛結婚であれば、そうでなくても彼女が俺を愛していれば、奇妙だ異常だと思いつつも受け入れてくれたかもしれない。しかし現状では無理だ。これからも無理だろう。利害だけで結ばれた関係において、異常だと見なされることはデメリットしかない。

仕事でミスを繰り返し、上司にどやされ、山崎に呼び出されたある日、俺はようやく自分が指輪のことばかり考え、業務にまるで身が入っていないことに気付いた。

「どうした？　せっかく結婚して社内の評価も上がってきたところなのに」

給湯室で憐れむようにそう告げた山崎に、俺は弁解の一つもすることができなかった。白い床を黙って見つめていると、

「指輪のことか？」

俺は無言でうなずく。

ふう、と彼が溜息を吐くのが聞こえた。

「明日、関西支社に出張に行ってほしいんだ。こないだ試作品ができた『さきほこさん』を三タイプとも届けてほしい。それであっちの意見を聞いてきて」

話題が突然変わった。俺は思わず顔を上げる。

さきほこさん——からまる君の花バージョンだ。山崎が企画した新製品。バラ、スズラン、ヒマワリの三タイプが試作され、どれを先に発売するかこれから決める必要があった。

「そんなに急ぐのか」

俺は訊いた。発売予定はまだずっと先のことで、明日届けて会議する必要があるとも思えない。

「ああ」山崎はうなずくと、「曽根だったかな。半端なところに支社置くよなあ。新大阪駅から大阪駅、そこから阪急大阪梅田駅に向かって宝塚線の各駅停車で……」

路線を説明する彼に俺は相槌を打つ。支社になら二十代の頃に何度も行っていた。考えていたのはその出張の意味だった。ただの「おつかい」だろうか。最早そんな仕事しか任せられないという遠回しの通告だろうか。暗い雲が心を覆う。

「でさ」

不意に山崎が言った。

「あくまで噂なんだけど、支社の近くの川沿いはオフライン区画らしいよ」

「オフライン……？」

「知らない？　地方にたまにあるよ。自然派の新興宗教——それこそお前がいたような団体が妨害電波を出してて、そこ一帯でデバイスが使えないんだ。居住者は信者ばかりだから特にトラブルはなくて野放しになってる。まあ住宅以外は単なる川と歩道、公園があるくらいだけど行ってみたら？　気が晴れるかもしれないよ」

よく分からないけど、と首をかしげる。理解できないなりに俺が求めているものを推測し、提案してくれているのだ。日常の延長で、指輪の束縛から逃れる方法を。静香に事前に伝えておけば、連絡が途絶えても怪しまれることはないだろう。

「ありがとう」

俺は心の底から感謝の念を抱いてそう言った。山崎は顔を綻ばせると、

「いや、お前なら喜ぶんじゃないかって当て推量で言ってみたんだ。正解みたいで嬉しいよ」

ぽん、と俺の肩を叩いた。

帰宅して静香に出張のこと、オフライン区画のことを伝えた。仕事でそこを通過することがあるかもしれない、一時的なことだから俺の位置その他を見失っても気にしないでほしい、と。

「山にでも籠ればいいのにね。それか無人島とか」

静香は特に不審を抱いた様子もなく、新興宗教への批判を口にした。

「都市の近くには住みたいんだよ、いろいろ便利だから」

俺は殊更に嘲笑してみせたが、内心ではむしろありがたく思っていた。彼らが都合よく科学技術や文明にコミットしてくれているおかげで、俺は息抜きができるかもしれない。

○四

翌日の午前十時。阪急曽根駅から西に向かったところにある、狭い川沿いを歩いていると、突然タブレットの右上に「×」と表示された。電波が届いていないのだ。

俺は今、オフライン区画にいる。

周囲を見回したが目立った宗教施設は見当たらず、奇抜な格好をした人間も歩いていない。

徐々に解放感が沸き上がった。肺の奥まで空気を吸い、そして吐く。静香に居場所を察知されていない。それだけでこんなにいい気分になれるとは。

細長い公園の隅には段ボールの家が何軒か建っていて、一人のホームレスの男性が水道で鍋（なべ）に水を入れていた。オフライン区画は彼らにとっても居心地がいいのだろうか。デバイスを何も持っていない人間は、電波が飛び交っている「普通の場所」は息苦しいのかもしれない。

さきほこさんの入ったボストンバッグを持ち直すと、俺は関西支社へと足を進めた。

自然と足取りは軽くなっていた。陽気もあいまって気が付けば口笛まで吹いていた。

仕事を終えて支社を出たのは午後七時だった。来た道を戻って再びオフライン区画に入る。念のためタブレットで確認したが、やはり「×」が表示されていた。帰りの新幹線は午後九時発。それまでに新大阪に戻ればいい。

ギリギリまでこの辺りにいたいと思ったが、時間を潰せそうな場所は見当たらなかった。飲食店はおろかコンビニすらない。勿体無い、と思いながら俺は川面を眺めて歩いていた。

今なら何をしても静香には分からないのに。

人目を避けさえすればどんなことをしても大丈夫なのに。

全速力で走って息が切れても、静香が〈どうしたの?〉と送ってくることはない。酒を飲んで潰れてその辺に寝そべっても同様だ。駅前のコンビニで買ってまた戻ってこようか。

あれこれ思案しながら歩いていると、「ガサ」と音がした。

来た時に通りかかった公園の前だった。街灯でぼんやりと照らされている中に、朝見たホームレスが突っ立っていた。白いビニール袋から何かを取り出す。

カップ酒だった。

俺は考えるより先に「すいません」と声をかけていた。愛想笑いで近寄りながら、

「それ、売ってもらえませんかね」

とカップ酒を指す。自分でも驚くほど積極的になっていた。

ホームレスはぼんやりした顔で俺を見返していた。伸びて固まった灰色の髪。黒ずんだ頬。口は半開きで前歯は一本しかない。

独特の臭気が鼻を突いた。

「そのお酒です」

俺は平静を装って、「払いますよお金は」とポケットに手を突っ込む。

彼は棒立ちのままもぐもぐと口を動かすと、

「……やらんわボケ」

しわがれた声で言って、汚れたジャケットにカップ酒を隠した。

「千円でも？」

俺は財布を取り出していた。酒への渇望はどんどん大きく、激しくなっている。

「やらん言うてんねん」

「千円あったらそれ三本は買えますよね？　どう考えても」

俺は更に彼に近づく。彼はぎこちない動作で背を向けると、

「金の問題ちゃう」

と段ボールの家へ歩き出す。

「いいから売ってくださいよ。お願い」

苛立ち（いらだ）が込み上げる。心臓がどくどく鳴っている。こんなことをしても静香にはバ

レない。そう思うと更に気が大きくなった。

ホームレスは俺を無視してすり足で歩いている。じゃりじゃりと砂の鳴る音が暗い公園に響く。

「おい」

無意識に呼びかけていた。彼の前に回り込んで「売れよ」と凄む。辺りには誰もいない。気配もしない。この公園には監視カメラも見当たらない。苛立ちが怒りに変わっていたが、その一方で俺は冷静に周囲の状況を観察していた。

「知るかアホ」

唸るように言うと彼は「かーっ」と奇妙な声を上げた。それが何を意味するか気付いた瞬間、彼は俺に痰を吐きかけた。咄嗟に手で顔をかばう。

手の甲と指に生温い粘液の感触がした。

俺は彼の脛を革靴の爪先で思い切り蹴った。

「うぐっ」と前のめりになるのを見計らって、今度は顔面を蹴り上げる。ぐしゃっと何かが潰れる音がした。

「ぎゃっ」

ホームレスは仰向けにひっくり返った。その胸を踏みつけ、脇腹を蹴る。また踏みつけてまた蹴る。饐えた臭いの中に線香の香りがわずかに混じっている。そう感じた途端、あの集会を思い出した。代表、母親の順で顔が頭に浮かび、強烈な憎しみが込み上げる。蹴り付ける足に一気に力がこもった。

頭の中で自分に言い訳していた。明らかに先方に有利な取引を持ちかけたのに拒絶され、おまけに痰を吐きかけられたのでついカッとなって蹴った。そんな理屈で自分を正当化していた。

本当は分かっていた。俺はただ暴力を振るう口実が欲しかったのだと。誰にも気付かれない場所で好き勝手に振る舞いたかったのだと。

ぱきっ、と乾いた木が折れるような音が革靴の下から聞こえて、俺は我に返った。

彼は鼻と口から血を流して横たわっていた。

開いた目はどこも見ていない。

ひゅーひゅーと高い音が口から漏れている。

カップ酒が足元に転がっていた。

「ふふっ」

笑い声が出ていた。カップ酒を拾い上げてキャップを開ける。一気に飲み干すと喉と胃が焼けるような感覚に襲われる。

美味い。そして楽しい。

こんなことをしても静香に咎められないなんて最高だ。

俺はホームレスの腹にもう一発蹴りを入れてから公園を後にした。

カップは駅前の、コンビニのゴミ箱に捨てておいた。


帰りの新幹線で焼き鳥と柿の種をつまみ、缶ビールを飲みながら満たされた気分で暗い車窓を眺めた。遠くの家々の光がイルミネーションのように見える。

罪悪感はあるにはあった。あのホームレスは大丈夫だろうかと心配になってもいた。

だがそれよりも解放感がはるかに勝っていた。

久々に味わった自由。

誰にも監視されず束縛されない悦び。

〈教えてくれて本当にありがとう。スッキリした〉

名古屋で止まった時にふと思い立ち、山崎にそんなメッセージを送っていた。

〈そりゃあよかった。これからもよろしく〉

すぐにそんな返事が届いた。もう一度お礼を送ろうとして止める。勢いに任せると何十通も送りつけてしまいそうだ。さすがに鬱陶しいだろう。

俺は椅子を倒すと大きく息を吐いた。

早くも次にオフライン区画に行った時のことを考えていた。今度は何をしよう。さっきは派手にやってしまったが、さすがに毎度というわけにはいかない。次はささやかに一人で酒宴だろうか。それなら誰にも迷惑をかけないだろうし、誰かに見つかっても酔っ払いがいると思われるだけで済む。繁華街に区画があるとは思えないから、酒は予め準備しておく必要がある。

　あれこれ計画しながら俺は新幹線を降り、在来線を乗り継いで家に向かった。

　これで仕事にも打ち込めるだろう。束縛そのものを感じなくなったわけではない。普通になったわけでもない。だがストレスを解消する手段を手に入れたのだ。

　だから結婚生活を続けられる。

　もう取り残されずに生きていける。

「ただいま」

　玄関を開ける頃には気分はだいぶ落ち着いていたが、それでもいつもより声が高く大きくなっていた。

　返事がない。静香はもう眠ってしまったのだろうか。日付が変わっているから無理もない。靴を脱ごうと視線を落としたところで異変に気付いた。

　見知らぬ革靴が二足。どちらも男性用だ。

　どういうことだ。分からないまま無意識に早足になっていた。俺は一気に廊下を駆け抜けてリビングのドアを開けた。

「静香……？」

二人の男性がゆっくりこちらを振り向いた。熊のような若い男性と、蛇のような細い中年男性。どちらも眉間に皺を寄せ、口を真一文字に結んでいる。

二人の向こう、テーブルの前に静香が座っていた。冷たい目で俺を睨み付けている。テーブルにはマグカップが二つ置かれていた。

どういうことかさっぱり分からなかった。何が起こっているのか見当もつかない。

静香は強張った顔を歪め、

「何であんなことしたの？」

機械のように淡々と訊いた。

俺の全身から一気に血の気が引いた。酔いは一瞬で覚め背筋が凍りつく。監視されていたというのか。オフライン区画でしたことを察知されていたのか。馬鹿な。有り得ない。

熊の男がジャケットの内ポケットをまさぐる。取り出したのは警察手帳だった。俺の名前を確認すると、彼は手帳を仕舞って、

「大阪府警から連絡がありましてね。あなたが五時間ほど前、曽根の公園でホームレスの男性を暴行した疑いがあると」

「疑いというのはまあ、言葉の綾です。もうほとんど確定ですから」

蛇の男がタブレットを掲げて、

「データはうちのサーバに残ってます」

「な、何で……」

俺はかろうじて訊いた。二人は顔を見合わせる。ややあって、

「まあ、どうせ公判で言っちゃうからいいか」

蛇が口を開いた。スッと俺を指差すと、

「その指輪ね、一定時間電波が遮断されると特殊センサーが起動するんですよ。半径二メートルの大気中にある分子を感知して記録する」

「分子……？」

「大雑把に言うとね、匂いです」

タブレットの液晶を撫でながら蛇は俺に歩み寄る。

「装着している人や周囲の人間の汗、呼気、その他体液。もちろんそれ以外のモノの匂いも」

「センサーが感知して記録した情報は」熊が話を引き継いだ。「電波が復旧すると一旦エニシへと送られ、本人との照合が行われる。それが終われば警察庁と消防庁のサーバに転送され解析されます。装着した人間がいつ何をどうしたか、これで大体分かります。匂いの持つ情報は膨大です。文字どおり個人情報と言っていい」

吐き気が込み上げていた。足に力が入らなくなっていた。その場に崩れ落ちそうに

なるのを何とか踏みとどまって、俺は静香に問いかける。

「知ってたのか、こ、こんな……」

彼女は無言で目を逸らした。

「あれ？　おかしいですね」

蛇がわざとらしく首を捻ると、

「エニシの利用規約に書いてありますよ。第百七十二条。〈当サービスに登録した者はその個人情報を国家の安全および公序良俗を維持する目的に於いて警察庁および消防庁が閲覧・利用することに同意したものとする〉」

わざとらしく抑揚を付けて暗唱してみせる。

目の前が真っ暗になっていた。口から漏れるのは乾いた笑い声だった。

エニシの登録者は国に監視されていたのだ。俺のあらゆる個人情報がエニシを経由して国に流れていたのだ。匂いも含めて。刑事や静香の態度からするにこれは異常なことではないらしい。おかしいのは俺の方らしい。

「はは、は……」

フレグランスチェックを「俺のためのサービス」と考えていた自分の無邪気さ愚かさに呆れていた。匂いを遠ざけた俺が、匂いでパートナーを選別した俺が、今度は匂いですべてを割り出され裁かれようとしている。

俺は匂いから逃げられない。

蛇がいつの間にか俺のすぐ前に迫っていた。鋭い目で俺を威圧する。

彼の肩越しに静香の青い顔が見えた。唇が震えている。

「……どうして？」

俺は何も答えられない。熊と蛇は黙って俺たちを見守っている。

「言ってよ、夫婦でしょ。困った時は、た、助け合って……」

そこでぽろぽろと大粒の涙を流すと、静香はわっとテーブルに突っ伏した。

サヨナキが飛んだ日

〇一

わたしには四つ上の兄がいました。記憶はほとんどありません。ただ、母のタブレットで見た兄の顔は父にも母にもわたしにも似ていて、確かに血を分けたきょうだいなのだな、と思ったのを覚えています。

兄は小学一年の時、体育の授業中に倒れて一時間後に亡くなりました。死因は熱中症でした。今では信じられないことですが、あの頃は気温が四十度を超えていても、外を出歩くことが普通だったのです。むしろ暑さを我慢させることは子供の教育に良い、我慢強さを養える、そんな風に考えて若者に押し付ける人が大勢いました。両親も似たようなものです。少なくとも危険だ、おかしいとは思っていませんでした。兄を亡くすまでは。

先生のようなお若い方には意味が分からないでしょう。昔の価値観に戸惑っていらっしゃるかもしれません。

ですがご存じのとおり、人間は社会の変化で容易(たやす)く変わります。そして変わったことに気付かない。そういう生き物です。よく言えば順応性が高い。悪く言えば何の思想信条もなく、常に多数派に回ろうとする。でも、そう立ち回ることが最も幸福だと、今のわたしは実感しています。

逆に言えばこうなります——わたしが苦しんだのは、順応性が低かったからです。罪を犯してしまったのは、世の人々と同じように変わることができなかったからです。

何の話をしているのか、とお考えですか。

六十年近く前の兄の死について話すこと、大衆論を語ることに何の意味があるのか。そう首をかしげていらっしゃいますか。

これらはとても大切なことです。

あの悪魔を憎むようになったこと、そして娘の瑠奈を殺してしまったことと、決して無関係ではないからです。

土川と結婚したのは三十歳の時でした。彼は三十五歳。きっかけは今は無きマッチングサイト「エニシ」です。

登録して出会ったわけではありません。「エニシ」に集約された膨大な個人情報を巡り、国家レベルの陰謀が画策されている。そんなリークを受けた新聞記者のわたしは、調査の一環で、ある殺人事件の被害者遺族である土川を取材しました。多感な時期に生き別れになった実兄が、関西でホームレスになっていた、しかも酔ったサラリーマンに蹴り殺された――そんな事実を知って苦悩する彼の言葉を聞き、記録しているうちに、次第に彼に好意を抱くようになりました。決して平穏無事とはいえない彼の半生を知るうちに、側にいたいと思うようになりました。

陰謀については悔しいことに真相は分からずじまいで、うやむやなまま「エニシ」も閉鎖されましたが、わたしと土川は自然な形で交際を続けました。映像制作会社の経営者だった彼はわたしと同じかそれ以上に多忙でしたが、それでも時間を作って会ってくれました。同棲も婚約も当たり前のようにして、当たり前のように結婚しました。

不思議なものです。恋愛に何の興味もなく、まして結婚など考えたこともなかったわたしが、一人の人間を愛し、生涯を共にしたいと心から望むようになっていたのですから。そして愛する人の子供が欲しいと思うようになっていたのですから。

土川も同じようなことを言っていました。

「ずっと一人で生きるつもりだったよ」

役所に婚姻届を提出した日の夜。窓際でうちわを扇ぎながら、彼はつぶやきました。

「両親が最悪でね。まともに目を合わせているのを見たことがない」

「うちは喧嘩ばかりだったよ」

わたしはそう答えました。兄を亡くし学校を訴えた両親は、裁判が長期化するにつれていがみ合い、些細なことで互いを罵倒するようになりました。わたしは義務教育の間ずっと、父から母の、母から父の悪口を聞かされて育ちました。

「今は雪江がいないと無理だ」

「わたしも一人じゃ駄目。二人でなきゃ」

「二人以上ならもっといい」

わたしたちはしばらく笑い合い、それが済むと肩を並べて空を見上げました。

暗闇に無数の赤い光が舞っていました。

ＨＡＹＡＭＡ製の小型飛行ロボットです。月の光、そして街の灯りに照らされて、大小の荷物を抱えた機体が飛んでいるのが見えました。ちょうど雁と同じくらいの大きさの、鋭角的で細長いアッカ。丸みを帯びてどこか愛嬌のあるモルテン。ひときわ大きなゴルゴ。編隊を組んでいる日本通運の別注機体・エメリック。どれも翼を模したフレームの先端にあるプロペラを回転させ、闇夜を音もなく飛び交っていました。

今では見慣れた光景ですが、安価な運送用小型飛行ロボットが普及したのは、ちょうどその頃でした。人件費がかからず、「暑い日や深夜に社員を働かせるような企業ではない」というアピールにもなる。運送会社がアッカたちを採用するメリットは、十分すぎるほどありました。

妊娠したのは結婚して五年後のことでした。体外受精を考えた矢先のことです。すっかり懇意になっていた婦人科医院「よしのクリニック」の芳野先生に「三ヶ月です、おめでとう！」と言われた瞬間、わたしは「えーっ」と声を上げて診察室を飛び回りました。土川にその場でメッセージを送ると、すぐに電話がかかってきました。「よかった」と繰り返す彼の声は上ずっていました。

そのまま臨月まで「よしのクリニック」に通いました。土川の運転で車で行き来することもありましたが、大抵は一人で、電車と徒歩でした。時間にして二時間と少し。医療過誤の訴訟が増えた結果、病院はこの時すでに激減していました。婦人科、それも信頼できる婦人科となると、関東圏で数えるほどしかなかったのが実情です。通院は大変でした。気温の高い日は歩きながら朦朧としたこともありました。ほとんど記憶にない兄のことを考えながら何とかクリニックに辿り着いた、そんな日もありました。

馬鹿げたことだと今は思います。検診のために病院に出向くなど無意味だ、むしろ危険だと呆れてしまいます。でも一方でこうも思います。

あの当時のままでよかったのではないか。

どれほど科学技術が発展しても、家の中に持ち込んではいけないものがあったのではないか。

古臭い考えだとお笑いでしょう。でも納得もしていらっしゃるはずです。わたしがしたことと辻褄が合う。一貫している。わたしもそう思います。この先もずっと変わらないでしょう。

瑠奈を産んだのは十一月十七日、午後七時三十二分でした。

腕の中で泣く真っ赤な彼女を見つめながら、わたしは涙を流していました。傍らで土川も泣いていました。

仕事を辞めることに躊躇いはなく、わたしは家で瑠奈を育てることに専念しました。昼夜を問わず働き実績を上げても評価されず、一方で同世代の男性が大した記事も書かずに順調に出世していく。男性ばかり優遇される新聞社――いえ、世間に嫌気がさしていたのかもしれません。

わたしは家庭、土川は仕事。ほとんど帰らなくなった彼を思い、泣き止まない瑠奈を抱きながら心細くなったことは幾度もありました。娘が熱を出した時はパニックに陥り、住んでいたマンションの、隣のご家族に助けてもらったこともありました。数え切れないほどの困難を今でも鮮明に思い出せます。ですがあの頃が充実していたのもまた事実です。

瑠奈が初めて立った時のことも、初めて「ママ」と言った瞬間も忘れられません。

歯が生えた時、自分でご飯を口に運んだ時、すべて前後の状況から記憶しています。話そうと思えばいくらでも話せますが、先生にお聞かせしても仕方ありませんよね。

今頭に浮かんでいるのは、二歳の瑠奈が泣いている姿です。家の中を歩いていたら、ドアノブにコツンと頭をぶつけたのです。最初はぽかんとしていましたが、徐々に顔が歪み、十秒後に大きな声で泣き喚きました。

わたしは走り寄って彼女を抱き、優しくあやしました。頭を撫でて「痛いの痛いの飛んでけ」と繰り返していると、次第に彼女は落ち着き、涙と鼻水に濡れた顔をほころばせました。わたしの口調が可笑しいらしく、大袈裟に抑揚を付けて言うと遂にはきゃっきゃっと笑い出しました。

「痛いの痛いの」で間を取りながら見つめ合い、「飛んでけーっ」で手を窓にかざすと、弾かれたように笑う瑠奈。その輝かんばかりの笑顔を見ていると、幸福で死んでしまいそうでした。

瑠奈が三歳の誕生日を迎えた翌日のことです。

午後一時過ぎ。居間のど真ん中で眠ってしまった彼女の、ぽこんと膨らんだお腹を撫でていました。掃除ロボット「クチナワ」が長い胴体をくねらせ、スルスルと辺りを這い回っています。掃除ロボットはこの頃には既に、現在と変わらないくらい静かになっていました。

クチナワの滑らかな動きと、瑠奈の無垢（むく）な寝顔。交互に眺めていると、傍らのタブレットが震えました。液晶画面には配送通知が表示されていました。

〈土川様　お届けに参りました：【医療機器】【時間指定】【HAYAMAメカトロニクス　メディカルケア事業部】〉

ベランダに出ると、隅の専用ポートに一台のアッカが止まっていました。翼を閉じ、一抱えほどの白い段ボール箱を、五本のアームでしっかりと抱えています。

わたしを感知して、アッカがこちらを向きました。茶色い胴体。尖（とが）った嘴（くちばし）。前方のフレームの先端にある、「顔」に相当する部分で、三つの緑の目が点滅していました。

タブレットをアッカの顔に近づけ、所定の操作をすると、液晶に〈受領確認しました〉と文字が出ました。

アッカはアームを胴体に収納しながら、翼を開きました。先端のプロペラを静かに回転させます。やがてふわりと浮き上がり、箱を置いてそのまま青空へと飛んで行きました。

室内に戻り、瑠奈が起きないよう足音を忍ばせて土川の書斎に向かうと、わたしは床に段ボール箱を置いて開封に取り掛かりました。

中には白くつるりとしたプラスチック製の、楕円（だえん）形のケースが入っていました。巨大な卵を連想させるその形を見て、凝ったことをしているな、と思いました。中身が何であるかは、通知がタブレットに届いた時点で分かっていました。

ケースを捻(ひね)ると真ん中から二つにパカリと開きました。緩衝材の黄色いスポンジを取り除くと、小型のコーヒーメーカーのような機械が現れました。充電アダプタ兼薬剤格納庫です。

その奥にはハトほどの大きさの、白い小型飛行ロボットが収納されていました。電源が入っておらず、眠っているようにも見える機体を眺めているうちに、わたしは笑みを浮かべていました。可愛らしいと思いました。

タブレットに送信された取扱説明書をざっと読んで、わたしは小型飛行ロボットをそっと抱え、扇形の尾羽の付け根にある電源ボタンを長押ししました。

丸い頭部にある、二つの目が青く光りました。

小さな胴体の奥から、かすかな振動が手に伝わります。

床に置くと、それは周囲を見回しました。小刻みに頭部を振る様子は、まるで本物の鳥のようでした。

「……飛んでみて」

わたしはおずおずとマニュアルにあるとおり命じました。購入者とその家族のデータの登録は、注文した段階で済んでいます。顔、指紋、声紋、その他諸々(もろもろ)。だからわたしの声に応えるに決まっている。分かっていても不思議と緊張していました。

それはわたしを見上げ、丸い嘴を開閉して、

「かしこまりました。雪江様」

子供のような声で答えました。音声と言葉遣いのちぐはぐさを奇妙に思っているうちに、それは翼状の二枚のフレームを展開し、先端のプロペラを回転させました。

重力がなくなったかのように軽やかに浮き上がると、それはゆっくりと書斎を飛び回りました。天井近く、デスクの天板すれすれ、ベッドの下、わたしの頭上。

「なに？」

瑠奈の声がしてわたしは振り返りました。すっかり目が覚めたのでしょう。ぽかんと口を開け、彼女はそれの舞う様を見上げていました。

「もうすぐ届くって言ってたでしょ」

軽い謎かけをすると、彼女の顔がぱっと明るくなりました。

「サヨちゃん？」

「そう」

「うわあ」

瑠奈は歓喜の声を上げ、それに向かって小さな手を伸ばしました。しばらくの間、わたしと彼女は音もなく書斎を飛ぶそれを、黙って見つめていました。

先生にはそれが何であるか、もうお分かりでしょう。

自宅看護用小型飛行ロボット「サヨナキ」。

鳥の形をした悪魔です。

〇二

フローレンス・ナイチンゲールの理念をご存じでしょうか。釈迦(しゃか)に説法かもしれませんが、彼女が理想としていたのは〝自宅看護〟でした。

病気にしろ怪我にしろ、わざわざ病院に出向いたり入院したりするより、自宅で看護する方がずっと合理的です。少なくとも患者にとっては都合がいい。肉体的にも精神的にも、負担を大幅に軽減できるからです。

小型飛行ロボットの普及、そして医師と看護師の減少。社会の変化の結果としてサヨナキは開発されました。そして瑠奈が生まれたのと時を同じくして、少しずつ一般家庭に浸透していったのです。ナイチンゲールの理念は、実に意外な形で実現したと言えるでしょう。その点を評価して「いい時代になった」と考える人も大勢いました。

ですが、それから三十年以上を経て、世界がどうなってしまったか。

サヨナキが我が家で飛んだ日から、瑠奈がどう変わってしまったか。

ほぼ女手一つで育ててきた娘と、わたしとの間にどれほどの隔りができてしまったのか。

ご理解いただくために、先月のある日のことからお話しさせてください。

午前十時。わたしは居間でお茶を飲んでいました。仕事が休みとはいえこの時間になっても起きてこない、瑠奈のことを思って苛立ちを覚えていました。壁に掛かった液晶スクリーンでネット番組を観ていましたが、頭には少しも入ってきませんでした。買い換えたばかりのクチナワが、部屋の隅でとぐろを巻いていました。

廊下の向こう、瑠奈の部屋でばたばた音がしたかと思うと、

「サヨちゃん」

娘の声がしました。

天井近くに備え付けた専用の棚の上で、ブウンと音が鳴りました。アダプタに留まっていたサヨナキが、四つの目を青く光らせました。そのまま静かに飛び立ちます。光沢のない白い身体。四枚の翼状フレーム。折り畳まれた黒い脚。一昨年に交換した最新型です。

サヨナキは廊下を飛んで行き、瑠奈の部屋のドアにある、専用スリットに顔を突っ込みました。瑠奈が嬉しそうに「おはようサヨちゃん」と挨拶する声がしました。

「おはよう、瑠奈ちゃん」

男声にも女声にも聞こえる、それでいてどちらでもない声が答えます。ご存じでしょう、現在のサヨナキの声です。言葉遣いも最初期とは異なっています。何度もアップデートを経て到達した、多くの人にとって親しみを感じさせる話し方。

わたしは両手で耳を塞いでいました。それでもサヨナキと瑠奈の会話は聞こえていました。

「どうしたの？」

「怪我したの。外で転んだみたい」

「大変！　すぐ検査するね」

サヨナキがドアのスリットを通り抜けるのが、かすかな音と気配で分かりました。

家の中が静まり返りました。気持ちは少しも落ち着きません。むしろ瑠奈の部屋で起こっていることを想像して、心が掻き乱されていました。

意を決して立ち上がると、そのまま廊下を突っ切って瑠奈の部屋のドアを開けました。お酒のにおいが鼻をついた直後、

「検査中だよ。気を付けてね」

薄暗い部屋。サヨナキの声が頭上でしました。天井近くを旋回しています。四つの目とお腹の下から赤い光を発し、ベッドに大の字になっている瑠奈を照らしていました。

瑠奈は下着一枚でした。服とブラジャーが床に転がっていました。三十一歳の身体は少し弛んでいますが、わたしと違って手足も首も長く、瑞々しい肌をしています。亡き夫、土川に似た端整な顔は青ざめ、隈が目立っていました。両膝に血がこびり付いていました。シーツにも乾いて砕けた血の欠片が散らばっていました。

「……どうかした?」

瑠奈が眠そうな声で訊きました。

「だ、だって膝が」

「大丈夫。ちょっと痛いだけ」

「どうしてこんな」

「さあ。たぶん酔っ払って帰り道で転んだんじゃないかな」

前夜、彼女は中学校の同窓会に出席していました。何度か連絡しましたが応答せず、心配しているうちにわたしは眠ってしまいましたが、瑠奈はその後に帰宅したのです。

「待ってて、すぐ救急箱を」

「いい」

瑠奈は即座に突っぱねました。小声ながらきっぱりとした口調でした。

くるくる飛び回っていたサヨナキが「検査完了」と、軽やかに瑠奈の膝の間に降り立ちます。

「擦り剥いただけだよ。骨にも筋肉にも異常はないよ」

嘴を閉じたまま、

「でもお酒の飲みすぎはよくないね」

「うん、ごめん」瑠奈が小さく笑います。

「じゃあ手当てするね」

「よろしく」

「オッケー」

サヨナキは天井を見上げました。

胸が開き、中から幾本もの黒いアームが展開します。アームは滑らかに動いて、瑠奈の膝に先端を近づけます。

あんな小さな機体のどこに、こんな物を収納する隙間があるのでしょう。小鳥の身体を食い破って、巨大な蜘蛛の化け物が飛び出した……手当てをするサヨナキを目の当たりにすると、いつもそんな妄想をしてしまいます。鳥の皮を被った悪魔が、その正体を露にしたのだと。

一本のアームが蒸留水を傷口に噴霧すると、瑠奈が顔をしかめました。

「痛かった？」サヨナキがアームの隙間から頭を覗かせて、娘に問いかけます。

「大丈夫。ちょっとだけ」

「よかった。続けてもいいかな？」

「お願い」

「オッケー」

サヨナキはてきぱきと両膝を同時に洗浄し、薬液を塗ると、透明な防護テープを貼り付けました。娘はくつろいだ様子でされるがままになっていました。時間にしてせいぜい一分ほどでしょう。ですがわたしには十分にも二十分にも思えました。何とか堪えてはいましたが、彼女の身体にアームが触れるたび、わたしは悲鳴を上げそうになっていました。

「ありがとう」

穏やかな微笑を浮かべて瑠奈がお礼を言いました。

「どういたしまして」サヨナキはアームを仕舞いながら、「目が乾いてるね、点眼しようか？」

「ドライアイかな。よろしく」

「オッケー」

ふわりと天井近くに舞い上がると、サヨナキはホバリングを始めました。開いた胸から一本のアームが、するすると真下――瑠奈の顔に下りて行きます。スポイト状の先端が彼女の大きな目に迫った瞬間、わたしはとうとう叫びました。

「駄目っ」

アームを払い除けようとした手は、空を切りました。サヨナキは素早く部屋の隅、本棚の上に降り立つと、

「手当て中だよ。気を付けてね」

四つの目を赤く点滅させ、首をかしげながらわたしを見つめました。ゆっくりとアームが胸の中に戻っていき、胸が閉じます。その動作のすべてがおぞましく不気味に思えましたが、目を逸らすことはできませんでした。次の瞬間には飛び掛かってくるかもしれない、あの気持ち悪いアームを伸ばして、わたしと瑠奈に襲い掛かるかもしれない――非現実的だと理性で判断しつつも、そんな妄想を抱かずにはいられなかったのです。

やれやれといった表情で瑠奈は起き上がり、ベッドから下りました。抽斗からジャージと下着を引っ張り出します。本棚のサヨナキを見上げ、申し訳なさそうな顔で、

「ごめんね、サヨちゃん」

「いいよ、気にしないで」

わたしは覚悟を決めて、彼女の背中に問いかけました。

「どうして？」

「何が？」

瑠奈はわたしの方を見もせずに訊き返します。

「どうして……あんなのと仲良くしてるの？」

なぜ目が覚めた時、母親より先にサヨナキに声をかけるのか。どうしてサヨナキには優しい表情を見せるのに、わたしには冷淡なのか。頭の中で渦巻く疑問を、その一言に込めました。それまで何度となく繰り返した質問でしたが、訊かずにはいられませんでした。納得できるまで取材対象者に食らい付く、記者時代の性分がまだ残っていたのです。

「別に仲良くはしてない」

そっけなく瑠奈は答えます。悲しいことに、それまでと全く同じ回答でした。

「してるわ。あれに心を開きすぎよ。ただの機械なのに」

「ただの機械」

瑠奈は鸚鵡返しをすると、

「そうだよ。だから安心でしょ」

そう言って部屋を出て行きました。わたしは呆然と、暗い部屋に立ち竦んでいました。バスルームからシャワーの音が聞こえます。

視界の隅でサヨナキがこちらを見ていることに気付いた瞬間、全身に悪寒が走りました。鳥そっくりの動作で首を細かく動かして、それはこう言いました。

「雪江ちゃん、検査しようか？」

わたしは大急ぎで部屋を飛び出しました。

先生はきっと「何をそんなに恐れているのか」と不思議に思っていらっしゃるでしょうね。瑠奈がサヨナキに接する態度はごくありふれたもので、どこにも奇妙な点はないとお考えでしょう。

確かに世間では普通です。膝を擦り剝いたなら、誰でもサヨナキに検査と手当てを頼みます。そしてその程度の傷なら、サヨナキはまずミスすることなく処置します。百パーセントの保証はできませんが、それは人間の医師や看護師でも同じことです。

瑠奈が言ったとおり、技術的に同等だからこそ機械の方が信頼できる、という考え方もあります。むしろそれが世の中の一般的な感覚でしょう。人間と違って感情面での衝突もない。変な気を起こすこともない。見た目は可愛らしい鳥で、頼めば毎日でも健康診断をしてくれる。甚大な異常が見つかれば予め登録された医師にすぐ連絡し、既往歴をはじめとする情報も病院に送信してくれる――

サヨナキに不備などありません。当初発生したわずかな問題――例えば空間把握システムにバグがあり、壁に激突してしまう――も、とうに解決されています。

それでもわたしはサヨナキを信用できませんでした。それどころか嫌悪し、憎悪していました。あの機械は娘を、瑠奈をおかしくしてしまったからです。

多くの人々と同じように。

遅い朝食を摂っている間、わたしは瑠奈から前夜の同窓会について聞いていました。懐かしい名前が次々に飛び出し、心は少しずつですが落ち着きを取り戻しました。

「真奈美はグラフィックデザイナーになってた。転職したって。沙羅は考古学者で全国飛び回ってるし、翠は勉強したいって大学院に入った」

瑠奈は溜息を吐くと、「自分が恥ずかしくなった」と、悲しげな表情を浮かべます。

「何言ってるの、瑠奈は立派よ」

わたしは本心からそう言いました。

彼女が勤めている西久保建築事務所は世界的な評価も高い、立派な会社です。代表である西久保さんは、当時既に内外で五十件を超える教会の建築を手がけていました。

今も昔も、建築家にとって「教会を設計すること」が一つのステータス、というよりゴールであることは動かしようのない事実です。つい先日はアッカたちの動線すらもデザインに取り入れた西久保さんの集合住宅が、業界のみならず世間でも話題になりました。

西久保さんとは記者時代から交流があり、彼の誠実さと優秀さ、そして社会的信用はよく知っていました。だからこそ、わたしは瑠奈にそんな人の下で働いてほしいと以前から願っていました。そしてわたしの希望どおりに彼の事務所に勤め、辞めることもなく働き、稼いでいる瑠奈を、ずっと誇りに思っていました。

「全然」

暗い声で言ってうなだれる瑠奈。何が不満だというのでしょう。わたしは頭の中で原因を探りましたが、皆目見当が付きませんでした。

沈黙に耐え切れなくなって、わたしは話題を変えました。

「尾島さんとはその後どう？」

亡き夫の知人から紹介された、瑠奈と同世代の男性でした。二人を引き合わせたのは今年の頭のことです。既に何度かデートをしたはずでした。

「別に」

最小限の言葉で答える娘を見て、わたしは確信しました。きっと尾島さんとは上手くいかなかったのだと。

「どうして？　何かあったの？」

瑠奈は答えませんでした。空になったお皿から顔を上げます。顔の向きと視線から、何を見ているのかはすぐ分かりました。

棚の上、アダプタに留まって充電と薬品補充をしているサヨナキです。わたしとはほとんど目を合わせないのに。そう思った瞬間、棚の上から奇妙な音がしました。

ぴよろ　ぴよろ　ぴい　ぴい

子供が歌うような、玩具(おもちゃ)の笛が鳴るような音。

サヨナキの囀(さえず)りでした。

大多数の人には、耳に心地よく聞こえるのでしょう。サヨナキのことを知らなければ、本物の鳥の声だと聞き間違うでしょう。ですが、わたしにとっては不快でした。鳴き声そのものは勿論(もちろん)、瑠奈がサヨナキを鳴かせたことが厭(いや)でした。

「……何をしているの」

「え?」

「あれと話してるんでしょ」

確信を込めて問いかけると、瑠奈は「まさか」と苦笑しました。お皿を持って立ち上がり、キッチンへと向かいます。わたしは怒りを覚えながら、彼女の目を見つめていました。

先生はもうお分かりですね。瑠奈はデバイスコンタクトレンズを装着していたのです。視線入力で文字入力や通信、アプリの操作ができる、昨年販売された機器です。彼女はそれを使ってサヨナキとやり取りしていたのです。

わたしには見えないように、聞こえないように。

「ねえ瑠奈」

蛇口から流れる水の音に負けないよう、声を張って呼びかけました。

「いい加減にして。おかしいことに気付かないの？　あれにばっかり——」

「あれじゃない。サヨちゃん」

瑠奈が答えました。お皿を洗いながら、

「母さんだってずっと助けてもらってたのに。前に胃潰瘍になった時とか、ぎっくり腰とか」

「いつの話よ。それに尾島さんだって、顔合わせした時すごく印象よかったじゃないの。あなたがお断りしたんでしょ？　前の人も、その前の人も」

瑠奈は鬱陶しそうにお皿の水を拭いていました。

「……心配なの。このままずっと一人でいるんじゃないかって」

「それでいい」

お皿を仕舞うと、彼女はちらりとわたしを見て、

「今は一人でいいよ」

と、冷たい声で言いました。

サヨナキが同意をするかのように囀りました。

わたしは認めざるを得ませんでした。薄々気付いてはいましたが、娘が異常である

ことを受け入れる覚悟をしました。

瑠奈はサヨナキを頼っている。頼りすぎている。

人として当然の心を無くしてしまうほど、サヨナキに囚（とら）われている。

○三

サヨナキを表に連れ歩く人たち、いわゆる「鳥人」をご存じでしょう。ニュースにもなっています。事故や事件に巻き込まれた時のため、と彼ら彼女らは言いますが、サヨナキに奇抜なペイントを施したり、作り物の羽毛で孔雀（くじゃく）のように飾り立てたりする様に、合理性は少しも感じられません。むしろサヨナキから片時も離れたくない、といった不安や強迫観念が見て取れます。

報道は概（おおむ）ね好意的に彼ら彼女らを扱っていますし、世間の反応も似たようなものです。しかしわたしには違和感しかありませんでした。不気味だと感じていました。

そしてつい半月ほど前。

わたしは彼らが、行きつくところまで行ったのだと悟りました。

瑠奈がゴミを出し忘れて出社した、ある朝のことです。

マンション一階のゴミ捨て場に、ゴミ袋を二つ投げ置く。それだけでどっと疲れました。瑠奈に腹を立てながら腰を押さえていると、「あ」と背後から声がして振り返りました。

同じマンションに住む吉田さんの一人息子、圭介くんでした。瑠奈の三つ下。集団登校で一緒だったので、小学生の頃は特に仲良くしていました。髪はぼさぼさで無精ひげが生え、スウェットは皺くちゃでしたが、一流企業に勤める秀才です。だから瑠奈との交流は続けさせていましたが、顔を合わせるのは久々でした。

「あら、おはよう」

挨拶すると、彼は戸惑った様子で目を泳がせ、何度か咳払いをすると、

「おはよう、ございます」

嗄れた声で言いました。

片方の手にはゴミ袋が握られていました。もう片方の腕に抱かれているものを見た瞬間、わたしは息を呑んでいました。

圭介くんはサヨナキを抱いていたのです。

彼もまた鳥人になっていたのです。

ゴミを捨てると、圭介くんは不思議そうにわたしを見つめ、こう訊きました。

「どうかしました、か」

声が裏返ります。また何度か咳払いをすると、彼は申し訳なさそうに、

「すみません、話すの久しぶりなんで」

と、自分の目を指差します。

デバイスコンタクトレンズだ。仕事でもプライベートでも目の前に浮かぶテキストで会話し、普段は滅多に発話しなくなっている――そう理解して、わたしはこう返しました。

「……そういう人、増えてるものね」

彼は微笑しながら力強くうなずきました。人懐っこそうな笑みは小学生の頃と変わらず、ほんの少しだけ安心しましたが、それでも不安は拭えませんでした。

彼の抱くサヨナキが気になっていたからです。

二世代前の特徴である赤いラインが、胴体の脇に走っていました。中途半端に展開したフレームが、圭介くんのお腹の辺りまで垂れ下がっています。

四つの目には光が灯っていませんでした。

電源が入っていないことに、わたしはその時になってようやく気付きました。

「ここに捨てていいの？」

サヨナキは薬品を扱うので、廃棄にも役所への届出が必要です。可燃ごみと一緒に捨てていいわけがありません。

「え？」

彼は意味が分からないといった表情をしましたが、

「あ、いや、とんでもない。レッドは捨てません」

と、サヨナキを両手で優しく抱きました。レッド。吉田家ではサヨナキをそう呼ぶと知りましたが、わたしにとって何の意味もありません。

「電池切れ？」

「ええ。でも大丈夫です。家ではシロが働いてますから」

彼は当然のように言いました。

会話が嚙み合っていない。考えてみれば鳥人と話すのは初めてで、わたしは緊張を覚えていました。根本的に価値観の違う人間と相対し、言葉を交わしていることを実感していました。それでも記者だった人間の性なのか、わたしは彼への理解を深めようと試みたのです。

「電池切れと分かってて持ち歩いてるの？」

「ええ」

「シロ……ってことは、家には別のがいる？」

「そうです。最新型の」

圭介くんはうなずきました。動かないサヨナキの胴体を愛しげに撫でます。

「どうして？」

「何がですか？」

彼は笑顔のまま訊き返しました。瑠奈とそっくりな反応です。冷たい手が背中を撫でたような感触がして、わたしは思わず震えていました。

「どうしてその……動かないし、使わないものを持ち歩いてるの？」

何とか問いかけると、彼は「あ、それですか」と苦笑しながら、

「一緒だと安心するんですよ」

今度は指先で頭をそっと突きました。当たり前のことですが四つの目は暗いままで、嘴を開くこともありませんでした。

わたしははっきりと理解しました。そして恐怖を感じていました。

圭介くんまでもが変わってしまった。重度の、いえ——末期の鳥人になってしまった。その事実に戦慄していました。

鳥の形をした電池切れのガラクタを、後生大事に連れ歩いている彼に、おぞましさすら感じていました。もはや本来の機能——看護とは関係ないところでサヨナキに執着し、離れられなくなっている彼の異様な有様に。

彼が困ったような顔で何かを話していました。「瑠奈さんが最近本当に——」「仕事もプライベートも——」「申し上げにくいんですが、締め付けというか束縛——」と、断片的に聞き取れましたが、意味はさっぱり摑めませんでした。

家の廊下で膝を突き、ハアハアと荒い息をしている自分の姿に気付きました。どう挨拶してどんな風に圭介くんと別れたか、少しも覚えていませんでした。呼吸が落ち着くのを待ってから、わたしは寝室でタブレットを摑み、瑠奈にメッセージを送りました。

〈圭介くんが鳥人だって知ってたの？〉

返事は昼過ぎに届きました。

〈はい〉

そっけない一言に怒りがこみ上げました。こんなに心配しているのに、身を案じているのに、あの娘は気にもしていない。わたしは震える指で液晶画面を叩きました。

〈二度と関わらないように〉

〈はい〉

今度の返事はすぐに来ました。

とりあえず問題を一つ片付けた。やはり瑠奈は素直でいい子だ、わたしの子供だ。安堵しそうになっている自分を戒めながら、わたしは彼女の部屋に入りました。

遅くに帰宅した瑠奈はまっすぐ部屋に向かい、しばらくすると出てきました。

「おかえり」

「ただいま」

「今日はどうだった？」

「普通」

「西久保さん、お忙しくしてらっしゃるんじゃない？」

「うん」

「あっそうだ。写真、消去しといたからね」

「何の？」

ここでようやく、瑠奈は顔を上げました。わたしと目を合わせました。わたしは飲みかけのお茶をテーブルに置くと、

「圭介くんの写真。フォトストレージに入ってたでしょう」

瑠奈の部屋の出窓に置いてあるものです。中には瑠奈が友人知人たちと撮った写真が何千枚も保存されており、わたしはその中から圭介くんが写っている写真を見つけ出し、すべて消去しました。小学生時代のものも合わせて二百枚近くを一枚ずつ消していくのは面倒でしたが、消さないわけにはいきませんでした。

「やっといてあげた」

「あげた？」

「そうよ。どうせわたしは暇だし、瑠奈は忙しいでしょ。後回しになっちゃいそうだ

から」

突如として瑠奈の目がぎらりと光りました。喜んでいるようにも感謝しているようにも見えません。むしろ恨みがこもっているように思えました。

わたしは戸惑いながら彼女を見返していました。てっきりお礼を言ってくれるものと思っていたのに、予想外の反応に混乱せずにはいられませんでした。

「どうしたの……？」

そう問いかけると、瑠奈は大きく息を吸い、長々と吐き出しました。全身から力を抜くと、ゆっくり棚を見上げます。

サヨナキが動き出しました。四つの目が黄色い光を放ちます。薬剤が減っていることを示す色です。朝から気付いていましたが、その時はもう、わたしはサヨナキに触れることに、苦痛を感じるようになっていました。

瑠奈がきょろきょろと居間を見回し、隅の段ボール箱に気付きました。数日前に届いた薬剤のセットです。

「サヨちゃん、補充しよっか」

優しい声で呼びかけると、

「ありがとう、瑠奈ちゃん」

サヨナキは一声鳴いて飛び立ち、瑠奈の肩にふわりと乗りました。

背伸びしてアダプタを掴み、段ボール箱を抱えると、娘は居間を出て行きました。

しばらくすると彼女の部屋から、サヨナキの声がしました。

「気にしないで、瑠奈ちゃん」

「大丈夫？」

「目が充血しているよ。点眼しようか？」

娘の声もしましたが、不明瞭（ふめいりょう）でよく聞こえませんでした。なので会話の文脈も分かりませんでした。それでもわたしは厭（いや）な気持ちになっていました。そして思い悩んでいました。

親しげに、馴（な）れ馴れしく瑠奈に語りかけるサヨナキ。

そんなサヨナキと関わりたがる瑠奈。

鳥人を一人遠ざけて、この状況がすぐ改善されるわけではない。一体どうしたものか。そう思案していました。

○四

瑠奈を殺した時のことを話せ、と仰（おっしゃ）るのですね。

勿論（もちろん）それが本題なのは存じておりますが、わたしは決して無駄話をしていたわけではありません。わたしは誰よりも瑠奈を愛していた。母親の鑑だった。そう理解していただくために、これまでの話は必要だったのです。

昨日の午後のことでした。

和室の仏壇で土川の遺影を手にしていました。彼との日々を懐かしみ、彼が交通事故で亡くなった日のことを思い返していました。中学生になっていた瑠奈は気丈にも涙を堪え、泣き崩れるわたしを慰めてくれました。

次々に記憶が掘り起こされ、娘との思い出が頭に浮かびました。高校時代は部活に入らず、パートに出ているわたしのかわりに家事全般を率先してやってくれた瑠奈。一時の気の迷いで、素行の悪い同級生と親しくしていた瑠奈。わたしの説得を素直に受け入れて彼女たちとの関係を絶ち、健全なグループとの交流を再開した瑠奈。

志望していた大学に合格した時は、家で二人でお祝いをしました。わたしが買ってきたケーキを、瑠奈は美味しそうに頬張っていました。ぎっくり腰でパートに出られなくなったわたしのかわりに平日も休日もアルバイトして、お金を家に入れてくれました。今も生活費はすべて瑠奈が出しています。

あんなに優しく親思いだった瑠奈が。今もわたしを愛してくれているはずの瑠奈が。

そう思うといてもたってもいられなくなりました。

脚立を持って居間に行くと、わたしは棚を見上げました。天井との隙間でサヨナキはいつもどおりアダプタに留まっています。

わたしは脚立を上って、サヨナキに手を伸ばしました。無意識に息を潜め、静かに動いていました。今のサヨナキはスリープ中だ。気付かれるはずがない。そう分かっていても緊張しないではいられませんでした。

サヨナキを破壊する。床に叩きつけるか、壁にぶつけるか。とにかく動かないようにする。

そして瑠奈の目を覚ます。

正しいとはいえ暴力的なことです。そして忌まわしいものに触れなければならないのです。自分がこれからすることを想像して、動悸が速まっていました。

指先が胴体に触れようとしたまさにその時、ブウンとサヨナキが音を立てました。

四つの目が赤く光りました。

「危ないよ、気を付けてね」

驚いたわたしはバランスを崩しかけましたが、何とか耐えました。胸を押さえ、激しく鳴る心臓を掌に感じながら、まじまじとサヨナキの丸い顔を見つめました。

「……起きてたの？」

うっかり問いかけていました。

サヨナキはかくかくと頭を振ると、

「そうだよ。雪江ちゃんが心配だからね」

「え……？」

「雪江ちゃんは六十六歳だよ。去年の健康診断から推測すると、足腰はとても衰えているはずだよ。一人で家にいて転びでもしたら大変だよ。だから充電中も見守ってる」

「そんなこと、できるはずが」

「できるよ」

サヨナキは動きを止めました。

「看護するのが仕事だけど、看護せずに済むのが一番いい」

そんなことまで考えて動く機能が、この小さな機械にあるはずがない。そう思っていると、

「気になるなら設定と更新日時を読み上げようか？」

「い……いい。結構よ」

何とか答えました。表情から心理を読み取っている。いつの間にかそんな機能まで付いている。そんなレベルまでアップデートされている。サヨナキを見上げたまま、わたしは震えていました。「顔色が悪いよ。検査しようか？」

赤い目が一斉にチカチカと点滅しました。あまりのおぞましさに黙っていると、

「雪江ちゃん、検査しようか？」

「いや」

わたしは首を横に振りました。身体が揺れて思わず棚を摑んでいました。棚がミシリと音を立てるなり、

「危ないよ、気を付けてね」

「…………」

「検査しようか？」

「う……」

「雪江ちゃん」

「うるさいっ」

わたしは怒鳴っていました。恐怖は怒りに変わり、身体を支配しました。娘をおかしくしたサヨナキが憎い。馴れ馴れしくわたしの名前を呼ぶ、目の前のガラクタを壊したい。

冷静さを欠いていたと今では悔やんでいます。

摑みかかろうとしたのが間違いだったと分かります。

わたしは両手でサヨナキに手を伸ばしていました。脚立がぐらりと揺れたかと思うと、大きく傾きました。

あっと声を上げた時には、背中から床に落ちていました。息が詰まり、全身を襲う

激しい痛みに声を上げることもできませんでした。涙で滲む視界。ぼやけた棚の上で、ぼやけたサヨナキがフレームを広げるのが見えました。

「大変！　すぐ検査するね」

飛び立ったサヨナキが天井のすぐ近くを回り始めました。赤い光がわたしの身体を照らします。

やめて、どこかへ行って。

そう言ったつもりでしたが、口から漏れ出るのは呻き声だけでした。光を遮ろうとしても手さえ動かすことができず、サヨナキにされるがままになっていました。

「よかった。骨は折れていないよ」

少し離れたところに着地すると、サヨナキはフレームを畳みました。

「大丈夫？　どこが痛いの？」

わたしは答えられませんでした。背に腹は替えられない、ここは伝えた方がいい。そう分かっていても苦痛で話すことができませんでした。

「どこが痛いの？」

必死で呼吸を整え、口を開こうとしていると、

「触診しよう。力を抜いてね」

サヨナキの顔が天井を向きました。

胸が開き、黒いアームが飛び出しました。見る見る視界いっぱいに広がります。

「動かないでね、雪江ちゃん」

無数のアームが生き物のように蠢(うごめ)き、こちらに迫ります。やはり異様でした。自分を助けてくれる、救ってくれる。そんな風には少しも思えませんでした。瑠奈をおかしくした悪魔が、今度は自分を攻撃しようとしている——

一本のアームが腰の辺りに触れた瞬間、わたしは我を忘れて絶叫しました。

「ねえ」

背後から呼びかけられて、わたしは顔を上げました。

居間の真ん中で座り込んでいました。振り返ると瑠奈が呆然(ぼうぜん)とした顔で、わたしを見下ろしていました。足元にはバッグが落ちています。

「何したの」

瑠奈はか細い声で訊(き)きました。質問の意味が分からず戸惑っていると、視界の隅で何かが動きました。

サヨナキのアームでした。折れ曲がった黒いアームが、ひしゃげた胴体の上で力なく先端を揺らしていました。床のあちこちに、砕けたアームの欠片(かけら)が散らばっていました。

あちこちが割れ、中身を飛び出させたサヨナキが、部屋の隅に転がっていました。光のない目。開いたままの嘴。足は両方とも根元から引きちぎられていました。

カーペットのあちこちに染みができていました。背中の痛み、腰の痺れは消え失せていました。自分が握り締めているのが尾羽であることに、そこでようやく気付きました。

「あ……これは」

わたしは尾羽を床に落とすと、

「襲い掛かってきたから、必死で身を守ったの。正当防衛よ。やっぱりあれは悪魔ね。持ち主を殺そうとしたんだから」

瑠奈は答えません。蛍光灯に照らされた顔はぞっとするほど青く無表情で、まるで死人のようでした。

「る、瑠奈も目が覚めたでしょ。自分が変だったの分かるでしょ。ね？」

「どうして」

紫色の唇がゆっくりと開き、

上ずった声で、瑠奈は問いかけました。

「何で――サヨちゃんまで取り上げるの？」

「えっ」

「わたしが自分で選んだものは気に入らないの？　ただの機械でも許せないの？　全部奪わないと気が済まないの？」

大きな目が潤み、一筋の涙が頬を伝いました。笑っているような泣いているような表情で、瑠奈はわたしを睨み付けていました。

「瑠奈」

わたしは困惑しながら、とりあえず名前を呼びました。何を言っているのかさっぱり分からず、涙を流す理由も思い当たらない。まだ目が覚めていないのか。サヨナキに囚われた心は、すぐには解放されないのか。

次の言葉を探していると、

「母さんはいつもそうだ」

瑠奈は歯を食い縛り、憎々しげに吐き捨てました。

「高校の友達も家が貧しいとか親の仕事がどうとかで、あの子と遊ぶなこの子とは仲良くしろって命令して、イヤだって言ったら泣き喚いて。部活も大学も仕事も付き合う人も全部押し付けて。わたしが好きになった人の家柄とか家系とか調べ上げて、ぜ、全員……」

次々に零れ落ちる涙を拭い、

「圭介くんまで取り上げられて、もう……もうサヨちゃんしかいなかったのに」

ふらふらとサヨナキに歩み寄ると、崩れ落ちるようにしゃがみ、潰れた機体を抱き上げました。サヨちゃん、サヨちゃんと頬ずりしながら呼びかけます。

常軌を逸した娘の言動に、わたしは言葉を失っていました。サヨナキがいなくなってなお正気を取り戻せないでいる、娘の姿に慄然としていました。

サヨナキは――技術の発展はここまで人間を変えてしまうのか。親を拒否し、壊れた機械に涙を流す、異常な人間を生み出してしまうのか。

どれだけ大切に育てても無駄だった。三十年近くも洗脳され続けた瑠奈の頭と心は、サヨナキを壊したくらいでは治らない。

冷静に考えれば当たり前のことに、わたしはその時ようやく気付きました。社会の潮流、世の中の変化の前に、わたし個人の愛情ごときが太刀打ちできるはずもないのです。

「こ、こんな家、さっさと出ればよかった。母さんから離れればよかった。父さんがいなくて寂しいんだ、わたししかいなくて可哀想だって、同情なんか……」

相変わらず瑠奈は意味不明なことを囁いていました。

「……瑠奈、ちゃん」

耳障りな声がしました。

瑠奈の腕の中で、サヨナキの四つの目のうち二つが、赤く光っていました。カリカりという厭な音が胴体から漏れていました。

「体温……だね、検査し……か？」

切れ切れに何かを言うサヨナキを、娘は嗚咽しながら強く抱きしめます。

「充血、点……眼」

サヨナキはギリギリと首を回し、瑠奈と目を合わせると、そこで動かなくなりました。目の光は完全に消え、胴体の音は途絶えていました。

「サヨちゃん……」

瑠奈は身体を丸めて啜り泣きました。腕の中で潰れた胸が火花を散らしましたが、彼女はサヨナキを離しませんでした。

わたしはその様子を放心して見つめていました。部屋の隅でクチナワが、困惑しているかのように身体をくねらせていました。

どれくらい経ったでしょう。気付けば瑠奈が、サヨナキを床に置いていました。

「……あ」

何かを囁いた。そう思った瞬間、彼女に押し倒され、伸し掛かられていました。声を上げる前に、彼女の拳がわたしの顔面に振り下ろされました。

激しい痛みが顔を貫きました。鼻の骨が折れたのが感触で分かりました。

「クソババア！」

瑠奈が泣き叫びながら殴り掛かってきます。彼女の言葉が信じられず、わたしはしばらくされるがままになっていました。歯が折れ、瞼が腫れ上がっても抵抗しませんでした。

ようやく怒りがこみ上げ、わたしは力いっぱい瑠奈を突き飛ばしました。

壁に激しく頭をぶつけた彼女は、「うっ」と頭を押さえて丸くなりました。くうう、と奇妙な呻き声を漏らします。打ち所が悪かったのでしょう、彼女はやがてガクガクと、全身を痙攣させました。

「た……大変」

わたしは彼女の肩を掴みましたが、何をどうしたらいいか分かりません。焦りに焦った末に最初に思い付いたのは、あろうことかサヨナキに応急処置を頼むことでした。

床に散らばっているアームとフレームの破片。染みになった薬剤。

動かないサヨナキ。その隣で小刻みに全身を震わせている瑠奈。

一一九番を思い出した頃、彼女は既に事切れていました。

これが瑠奈を殺した経緯です。

過失致死であり殺人ではない。そう警察から言われました。ですがわたしは自分が殺したようなものだと思います。

サヨナキを壊していなければ、瑠奈は適切な応急処置を受けて助かったのかもしれない。それ以前に、わたしに掴みかかることも、わたしに突き飛ばされることもなかったでしょう。殺意など微塵もなく、むしろ心の底から愛していた。そんな瑠奈をわたしは殺してしまいました。その罪は一生背負わねばならないと覚悟しています。ですが先生、一つだけ告白させてください。

本当は少しだけ、ほっとしています。今はとても穏やかな気持ちです。

おかしくなった瑠奈の姿を、これ以上見なくて済むから。

決定的にわたしと違ってしまった瑠奈を、救うことができたからです。

あの子をサヨナキから——悪魔の呪縛から解き放った。そう表現するのは大袈裟でしょうか。

え？

すみません、いま何と仰いましたか。

わたしが娘を束縛していた、管理し支配していた。そう仰るのですか。

諸悪の根源はサヨナキではない。わたしが彼女を抑え付け、縛り付けていたことが原因だったのではないか、と。

……失礼しました。あまりにも突飛なお話なので、可笑しくなってしまいました。

こんなに声を上げて笑ったのは何年ぶりでしょう。

精神科のお医者様は、とても豊かな想像力をお持ちでいらっしゃるのですね。

今夜宇宙船（ふね）の見える丘に

〇一

　どこか軽薄そうな男性アナウンサーが口を開く。

「ここからは関東地方のニュースです。昨夜九時、東京都練馬区寿町とその周辺で、赤く光りながら飛び回る奇妙な物体が、相次いで目撃されました」

　画面が住宅街の一角を映す。朝の光に照らされた路上で、疲れた顔の女性リポーターがマイクを手にしている。

「練馬区寿町の住宅街です。目撃した方によると、光る物体はここ、児童公園のはるか上空から、音もなく降りてきたそうです」

　リポーターが話しながら園内を歩いている。

「そしてここ、ジャングルジムの周りをくるくると回って、あちらへ、飛んでいったということです。その際、安全対策用の高電圧ゲートを……ご覧ください、このとおり。ちょうどハンドボールくらいの穴が空いています」

　禿げ上がった中年男性が映し出される。録画映像だ。「どんなものを見たのですか?」というテロップが画面下部に表示される。

「一言で言うと光る玉、かなあ。これくらい(親指と人差し指で円を作る)だったね。テールランプみたいな赤い光で、点滅とかはしてなかったです」

画面が切り替わり、若い女性二人組が映し出される。

「赤い玉がこう、胸の前をすーっと通り過ぎていって。そこの角を曲がってったんですよ」

「でも音はしなかったよね?」

「うんうん、だから『何だったんだろうね?』『変だね』ってその場で」

「しばらく話し合ってました」

今度は小学生らしき女の子。前歯が抜けている。

「んっとお、なんかあ、ホタルみたいだった。すごかった」

中継映像に切り替わる。女性リポーターが広い駐車場を歩いている。

「光は寿町住宅街のあちこちで目撃されましたが、証言を総合しますと最終的にこちら、このマンションの駐車場で、音もなく真上に飛んで消えた、ということです」

世界地図が画面いっぱいに表示される。

「この赤い光、日本だけでなく世界各地で目撃されています。昨年一月にはハワイのカウアイ島で、今年の二月には台湾(たいわん)の九份(きゅうふん)で」

激しく揺れる映像に切り替わる。夜の大海原だ。

「同月、ベーリング海では映像撮影もされました。海面を赤く照らして、滑るように移動しています」

再び禿げた中年男性。「目撃した物体はこの映像と比べてどうですか？」とテロップが表示される。

「ええ、似てます」

再び女性二人組。

「あー、まさにこれじゃない？」

「ほんとだ、そっくり！」

再び歯抜けの女の子。

「いっしょだとおもう」

高台から固定カメラで撮った住宅街の映像。間違いなく練馬区寿町だろう。アナウンサーが喋(しゃべ)り、その内容を要約したテロップが表示される。

「石川県羽咋(はくい)市にある未確認飛行物体研究所〈ＵＭＭＯ〉の所長である雲母(うんも)弓人(ゆみひと)さんは、『宇宙のはるか彼方(かなた)から地球に飛来した、高度な知的生命体の乗り物もしくは無人探査機である可能性が極めて高い』とコメントしています。一方、東西(とうざい)大学気象学准教授、漆原典明(うるしばらのりあき)さんは『各地で同じ物が目撃されているなら、何らかの自然現象、物理現象と考えるのが妥当である』と――」

おおおあああああ……

隣の部屋から苦しげな声がした。タブレットの画面をなぞって朝のニュース番組を閉じ、テーブルに置く。

立ち上がってガラガラと戸を引くと、親父が叫んでいた。和室の隅に置かれたベッドの上で身体を反らせ、耳の周りの伸び切った白髪を振り乱している。ぽっかり空いた口は真っ暗で、見ているうちに暗闇に引き摺り込まれるような感覚に陥った。底なしの洞穴に、文字どおり呑み込まれてしまうような気がした。

慌てて暗い口から目を逸らし、僕は親父の肩を摑んだ。慎重に揺すりながら声を掛ける。

「親父、親父」

「あああ!」

「何もないよ。大丈夫だよ」

「ああああ!　あああああ!」

「ただの夢だよ、落ち着いて」

親父は僕の腕を摑んで引き離そうとした。すっかり痩せているがそれでも力は僕といい勝負だ。親父は学生時代ずっと柔道部だったし、社会人になってから倒れるまで何かしら運動をしていた。ひょっとしていま腕相撲を挑んでも、僕は負けてしまうかもしれない。

両腕の肌に刺すような痛みを感じた。親父が爪を立てたのだと気付くと同時に、僕は「痛っ」と声を上げ、親父の肩から手を離していた。思わず後ずさり、隅に畳んで置いてある車椅子に腰をぶつける。

親父が自分の身体を叩き始めた。制止する間もなく、振り回した手が左脇腹を激しく打つ。

奇妙な音とともに、膨らんだパウチ——採便袋の端っこが、寝間着の裾から現れた。異臭が鼻を突く。親父が暴れるのをぴたりと止めて大人しくなる。虚脱した顔に徐々に表情が戻っていく。

「……伸一、何が起こった？」

戸惑いながらこちらを見上げる親父に、僕は答えた。

「何も。待ってて、タオル持ってくるから」

寝間着の下は零れた大便で汚れているだろう。染みができていないところを見る限り、今日はそこまで大惨事ではなさそうだ。摑んで降り回された先月より、はるかに被害は少ない。

まずは濡れタオルで親父の身体を拭こう。パウチの中身を出して洗って、再びストマに装着して着替えさせよう。親父は反動で自己嫌悪に陥るだろうから、後始末の間は励まし続けなければならない。朝食は昨日買った半額の食パンと、それから——

　この先の段取りだけを意識的に考えながら、僕はダイニングキッチンに引き返した。


　五年前、七十歳の誕生日を迎えてすぐ心筋梗塞で倒れた親父は、退院してからよく我を忘れるようになった。何の前触れもなく不可解な行動を取る。自分が今どこにいるのか、それ以前に今がいつなのか分からなくなる。僕を含め近しい人間のことをきれいさっぱり忘れてしまう。

　ずっと笑い続ける。

　子供のように泣き続ける。

　怒って暴れる。糞尿を垂れ流す。あちこちあてもなく歩き回る。

　短い時は数分、長い時は幾日も。

　譫妄というらしい。認知症とは違うが原因は分からない、と医者は言っていたそうだ。いずれも伝聞なのはお袋から聞いたからだ。僕がこの家に戻るのを待っていたかのように、お袋は風邪をこじらせてあっさり亡くなった。親父をよろしくね、長男だからね、子供はお前しかいないからね——病院のベッドで何度もそう繰り返して。

　かくして僕は四十一歳の春から、親父と二人で暮らすようになった。

抵抗がないではなかった。いや、むしろ大いにあった。就職が決まらないまま大学を卒業してしまい、ふらふらしているところを親父に咎められて言い争いになり、半ば勘当されたも同然で家を飛び出したのだ。盆暮れにたまに帰ってもお袋と話すばかりで、親父とは目を合わせることも殆どしなかった。お袋から連絡が来る一月前に、雇用契約がめでたく更新されていれば、引き続き働けるようになっていれば、この家で生活しようなどとは思わなかっただろう。母親に泣いて縋られても、突っぱねていたかもしれない。

だが僕はここでの生活を選ばざるを得なかった。

あるはずのない仕事を探す振りをしながら、時折おかしくなる親父の面倒を見る。そうする以外に生きる術はなかった。

「すまんな、伸一」

お袋の葬儀を終えた日の夕方のことだ。沈黙が一時間ほど続いた頃、親父が唐突にそう言った。

「お前には迷惑をかけることになる。すまん」

「いや……こちらこそ」

僕は一瞬だけ目を合わせ、曖昧に答えた。

それから一時間、僕たちはお袋について話した。親父は淡々と、僕は訥々と、お互いがお互いを探るように。ぎこちなくはあったけれど、ほんの少しだけ距離が縮んだような気がした。死んだお袋が導いてくれている、そんなスピリチュアルめいたことすら考えるようになった。

あの時は悪かった——

そう詫びるタイミングを探し始めた時、親父が話の途中で急に黙り込んだ。

「どうしたの」

僕が訊ねると、親父はぼんやりと窓の外を見て、

「つかぬことをおうかがいしますが、狐にバナナを与えるのは八王子ですか」

と訊き返した。半開きの口から唾液の糸が一筋垂れていた。糞便の臭気を鼻が捉えて、僕は父が失禁していることに気付いた。

共同生活に限界を感じたのはわずか二ヶ月後のことだった。ぎりぎりまで迷った末、僕は然るべき処置をした。そして何とか現在に至る。

○二

親父とお袋の貯金は早々に尽き、細々と積み立てていた僕自身の貯金も残りわずかになっていた。再来月からは親父の年金だけで生きていかなければならない。月七万

円で二人。年金制度は崩壊寸前で、もし持ち家でなければどうなっていたか、と考えるたびに背筋が冷たくなる。古びたマンションの一階、晴天の昼間でも薄暗い、四十平米の小さな家でも。

もちろん、だからといって安堵はできない。余裕など少しもないのだ。どう頑張ってもぎりぎりの生活になるのは目に見えていた。貯金を切り崩している今現在も、かなり切り詰めている。

午後五時を回ったところで家を出て、自転車に乗る。隣町の「くらしマート」に向かうためだ。価格は近所の店と変わらないが、現金での支払いができる。

お袋の自転車は錆だらけでチェーンも緩み、漕ぐとがちゃがちゃ鳴った。いつものことだが苛立たしい。「遠出は運動になる」と前向きに考えるのも難しい。

五分漕いで大通りに差し掛かったところで信号に捕まった。タブレットを手にし、専用アプリで親父の様子を見る。家に設置されたセンサーで、親父がいまどこにいるか、大まかに分かる。最新のセンサーとアプリなら具体的に何をしているかや健康状態まで分かるらしいが、揃える余裕などない。

親父はずっとベッドにいた。譫妄になっているかどうかは判断のしようがないし、何かの拍子にまたパウチが外れている恐れもある。汚れたベッドと床、親父の身体を想像して気が滅入った。不安が鎌首を擡げもした。収入があれば、貯金があればセンサーも買えるし自転車も買える。いや、それ以前に親父を老人ホームに突っ込める。

頭に浮かべてしまった言葉に驚いて、僕はペダルに足を置いたまま動けなくなった。胃袋がふわりと浮き上がる、そんな感覚に襲われる。

疎遠だったとはいえ嫌悪してはいない。家を出るまでは全面的に世話になっていたし、今も経済的には面倒を見てもらっている。おまけにあんな処置も受け入れてもらった。だから当然感謝するべきで実際感謝している。感謝しないはずがない。それなのに。それなのに。

これもすべて仕事も金もないせいだ。収入があれば、貯金があればセンサーも買えるし自転車も買える。いや、それ以前に――

思考が堂々巡りしていることに気付いて、僕は顔を上げた。とうに青信号になっていて慌ててペダルを漕ぐ。凍り付くような二月の風が頰を擦った。

「くらしマート」は僕と目的を同じくする人々でそこそこ混んでいた。平日第一弾の半額セールだ。閉店一時間前の最終セールだと見るからに塩辛くて不健康そうな総菜くらいしか残っていないので、僕は基本的にこの第一弾を狙うようにしている。タブレットのメモ帳アプリを見ながら店内を回っていると、背後から肩を叩かれた。

スーツ姿で眼鏡をかけた、丸い顔の中年男性が僕に笑いかけた。生え際がかなり後退していて、額が蛍光灯の光を反射している。

「津久井伸一……くん、だよね？」

男性はおずおずと、同時にある程度の確信を込めた口調で僕を呼んだ。

「ええ」

僕は硬い声で返す。誰だか分からない。仕事先の知り合いでは有り得ないし、友達と呼べる存在は社会人になってから一人も作っていない。であれば学生時代の同級生が一番、可能性が高い。

そこまで考えた時、目の前の丸い顔が記憶と結びついた。自分の目と口が開き、顔中の筋肉が激しく伸縮するのが分かる。日頃は表情筋を動かしていないのだ、と頭の片隅で思いながら、

「石嶺？　石嶺泰明？」

僕は訊いた。大学の同期の名前だ。

男性は顔をくしゃくしゃにして、大きくうなずいた。卒業以来だから二十年、いや二十三年ぶりか。専攻もサークルも違うのにやたら同じ講義を受講するので顔見知りになり、こちらから話しかけて親しくなった。

「伸一、痩せたなあ」

「ええと、石嶺はその」

「太った」

彼は言うなり己の額をぺちんと叩いた。スーツははち切れそうで、シャツの襟は二月だというのに汗で濡れている。いずれも上等そうなのが見ただけで分かる。同時に自分が毛玉だらけのジャージを着ていることと、その惨めさに思い至る。

野菜コーナーの片隅、筍や蕨の水煮パックが並ぶ棚の側に移動すると、

「近所に住んでるの？　全然知らなかったよ」

屈託なく訊いてきた石嶺に、

「石嶺もこの辺なんだ？」

僕は質問を返して誤魔化した。

「うん。徒歩十五分くらいかな、西寿町三丁目の――」

住所は高級住宅街だった。田園調布や成城ほどではないにせよ、それなりに裕福な人間が住んでいる。

「立派なもんだな」

「そんなことないよ。僕一人の稼ぎじゃ足りなくてね。あそこの」

出入り口の方を手で示す。お淑やかそうな雰囲気の女性店員が、1／4にカットされたカボチャを補充していた。よく見る顔だ。結構な美人なので印象に残っている。

「カミさんに働いてもらって、なんとか遣り繰りできてる」

「あの人が？」

「うん」

「へえ、石嶺なんかによく振り向いてくれたな」

無意識に皮肉を込めていた。

「だよな。自分でもそう思うよ」

ははは、と彼は笑顔で受け流す。

「だから尚更、自分の力だけで家の経済を回そう、カミさんと息子と母さんの三人を食わせようって思ってたけど、やっぱり厳しくてね。自分が情けないよ」

悪気がないのは分かった。沸き上がる旧友への敵意と、自己嫌悪を抑え込む。住む世界が違うだけだ、違ってしまっただけだと自分に言い聞かせる。

「伸一は今何してるの？」

「あ、いや」

僕は答えに窮した。彼の買い物カゴの中身に目が留まる。刺身の盛り合わせと焼酎のパックが入っている。前者には値引きシールが貼られておらず、後者は割高なことで有名だ。

「自宅勤務？」

「あのな……」

嫌味であるはずがないが嫌味にしか聞こえない。鞄にぶら下がっている手作りらしき色あせた布製の人形は、きっと息子からのプレゼントだ。幼稚園か小学校の授業で作ったものだ。それを誇らしげに、僕のような人間に見せつけるために。

「あれ、どうしたの？」

僕をのぞき込んでいる。答えようとしても舌が回らない。頭がぼうっとして言葉の一つも思いつかない。視界が捩れるような感覚、次いで周囲の音がこもって遠ざかる。

「伸一？」

何が起こっている。今どうなっている。ここはどこだ、と一瞬思って「くらしマート」だと思い出すが、すぐまた分からなくなる。しびれるような感覚が頭を取り巻いている。

これは、これはつまり。

「うう」

説明しようとしたが、口から出たのは呻き声だけだった。音もなく視界が傾き、続いて吐き気がこみ上げる。

おい、大丈夫か！　しっかりしろ！

……と、芝居のような声が遠くからした。石嶺の声だと気付いた頃には、僕はスーパーの床に伸びていた。

「要は久しぶりに人と話したストレス、ってことかな」

「親父以外とはな」

そう補足すると、僕は背もたれに身体を預けた。傍らの石嶺は心配そうに僕をのぞき込んでいる。「くらしマート」から出てすぐの公園のベンチに、僕たちは並んで腰掛けていた。石嶺からもらったペットボトルの水をあおって、僕は更に補足する。

「下手したら三年……いや、四年か。それくらい話してなかったかもしれない。仕事探しも基本コレでやってるし」

タブレットを掲げてみせると、石嶺は「そうか」とだけ答えた。複雑な表情で遠くを見る。完全抗菌スーツに身を包んでゴム鞠（まり）のようになった幼稚園くらいの子供たちが、何もない公園内をころころと走り回っている。親の姿はない。きっと「くらしマート」で買い物中なのだろう。一定以上の衝撃、登録されていない人間の接触、天候の変化。何があってもスーツに装着されたアラートが鳴り、タブレットに通達される。公園を取り囲んでいる高電圧ゲートの一角に、作業服を着た男たちが何人も集まっていた。

石嶺が「あのさ」と口を開いた。

「伸一が嫌じゃなかったら、うちの人事部に訊（き）いてみようか？　うちだけじゃなくて、グループ全体で空きを探してもらうよ」

僕は少し考えて、「お願いできるかな」と答えた。倒れたところを助け起こされ、ここに運ばれ介抱してもらい、身の上話を聞いてもらうに至って、石嶺に対する敵意は消え失せていた。変わったのは見た目だけで、内面は何も変わっていない。温厚で親切で素直な、あの頃の石嶺泰明のままだ。

だからこそ自己嫌悪は消えなかった。むしろますます大きく膨れあがっていた。連絡先を交換し、予めまとめておいた職歴を転送する。勤めた会社の数が多いだけで何も積み上げられていない人生の報告書を。石嶺のプロフィールにはブログのアドレスも記載されていた。きっと充実した日々や趣味について書かれているのだろう。

石嶺はタブレットを見つめ、僕の職歴を確認していた。何も言わない。沈黙が息苦しい。内心では呆れているだろう。これでは手の差し伸べようがないと苦笑しているだろう。そう思っていると、

「自治体の相談窓口には行ってるのか。役所に専門のところがあるだろ」

不意に石嶺が訊ねた。

「いや」

「近所の集まりは？　同じ境遇の人が話し合ったりするやつ。こないだすぐ近くのマンションの集会所でやってたよ」

「全然」

「そうか……でも、あるものは活用したらいいよ」

「できるかって」

僕は鼻を鳴らす。

「どうして」石嶺は本当に分からないらしく、困った顔で僕を見る。

口を水で湿らせてから、僕は言った。

「ケアフェーズがある。それで充分だ」

石嶺の顔が一瞬だけ強張(こわば)った。ややあって、

「伸一、あの……ちゃんと知るべきだと思ってるから訊くけど、どこまで進んだ？」

口調はあくまで穏やかで優しいが、目は真剣だった。同時に戸惑いと、突き放すような冷たさが感じられた。当然だろう。石嶺にとっては他人事(ひとごと)で異常だからだ。彼のように裕福な人間には。

僕は一息で答えた。

「フェーズ2(ツー)まで行ったよ」

「専門医を呼んで？」

「いや……市販のキットを使った。一番安いのを」

石嶺の頬がぴくりと痙攣(けいれん)した。

僕は思い出していた。親父との生活を始めて二ヶ月と十七日目、キットを買ってき

た日のことを。〝然るべき処置〟をした時のことを。

展開した専用キットは樹脂製で、巨大な靴下のような形をしていた。同梱の睡眠薬の効果で熟睡している親父の下半身をすっぽり包み込むと、キットは冷徹に親父を処置した。

寝たきり、譫妄、認知症。そうした高齢者を効率的にケアするために認可された、外科的処置「ケアフェーズ」。その第一段階と第二段階はキット代五万七千円、時間にして二時間四十五分で済んだ。何の異常もない肛門を専用ステープラーで塞ぎ、フルオートメスで左脇腹から大腸に穴を開け、アームでストマ――人工肛門を取り付ける「フェーズ1」と、何の異常もない両足を膝のすぐ上で切断する「フェーズ2」は。

実の父親をより介護しやすい形に改造する処置は。

親父は当初渋ったが、僕はタブレットで口座の残高と、様々な映像を見せて説得した。介護に疲れた子供や配偶者の自殺、あるいは被介護者との無理心中のニュースやドキュメンタリーの映像だ。親父は三日三晩無言を貫いた後、「フェーズ2までだ」と、暗く沈んだ顔で承諾した。

「そうか……」

石嶺が沈んだ声で言った。

〇三

所定のキットを所定の薬局で買えば、医師免許を持っていない人間でもケアフェーズを行うことはできる。切り離された部分と血液は専用キット内部で分解処理すれば、三日で砂のような粉末になるから見た目の忌避感もない。粉末は可燃ゴミ、キットは粗大ゴミだ。

非人道的だ、老人虐待だ、という世論も当然あるが、現実の介護を鑑みた場合やむを得ない、必要悪だ、という反論も同じくらいある。論争で済んでいるのは義務ではないからで、使わない自由は保障されている。経済力がありさえすれば、なかったとしても社交性を備えていれば、の話だけれど。

ケアフェーズは事実上、一部の貧困層の救済措置だった。おおっぴらに謳われていないだけで、誰もがそう認識していた。自宅で一人で高齢者を介護せざるを得ない、貧しい独身者のための措置だと。年老いた親を何が何でも生存させ、なけなしの年金を受給できるよう維持しないと野垂れ死にするくらい困窮しているくせに、プライドばかり高く他人に助けを求める度胸のない、僕のような人間のためのものだと。

〈仕事は探しておく。他に何か困ったことがあったら、遠慮なく言ってほしい〉

久々の再会から五日後の夜。石嶺から届いたショートメッセージを見て、僕は小さく唸った。気持ちはありがたかった。感謝もしていた。だが「探しておく」が「見つからない」を遠回しに表現したものだと分かって暗い気持ちにもなっていた。

〈ありがとう。困ったことがあったら連絡する〉

半額の食材ばかりで作った味噌煮込みうどんを食べながら、僕はそう返した。すぐに新たなメッセージが届く。

〈本当に遠慮しないでほしい。家族に話して承諾は得た。ある程度なら何とかなる〉

また遠回しだ。僕の自尊心を傷つけないようにしている。同時に親身になってくれている。本当に、心の底からありがたい。でも──

「珍しいな。メッセージか」

親父が訊いた。起こしたベッドに凭れ、フォークを摑んでいる。胸の前に設置されたテーブルの上、プラスチックのお椀の味噌煮込みうどんは、半分ほどに減っている。

「誰からだ？」

「石嶺だよ。大学の同期」

僕は空になった自分のお椀を手に、畳から立ち上がる。

「確か一度うちに来たことがあるな。いや、二度か」

親父はそう言うと煮崩れたかぼちゃをフォークで刺した。持ち上げて口に入れ、咀嚼する。動きは緩慢だが思考は明瞭で、記憶力も僕よりあるのだ。

そんな親父を僕は――

「石嶺くんは確か、リテンしたんだろ」

「え？……ああ。うん」

僕は戸惑いながら答えた。リテンとは理転のことだ。文系から理系の学部に移ることだ。懐かしい単語に頭がくらくらしていた。

経済学部だった石嶺は三年の時、突然「宇宙に興味が湧いた」と、当時大学に新設されたばかりの宇宙通信学部に移った。今現在は民間の宇宙通信局で働いている。宇宙からの電波を観測したり、逆に宇宙に電波を送ったりする仕事だそうだ。異星人と交信できるかもしれない、とてもロマンがある――五日前そう本人は言っていたが、僕には御伽噺にしか聞こえなかった。

かいつまんで説明すると、親父は頬を弛めた。笑っているとまでは言えないが楽しんでいるのは明らかだった。こんな表情を見たのは久しぶりで、僕はまじまじと親父の顔を見つめた。

「どうした、伸一」

「いや、こんな話に興味があるなんて知らなくて」

親父は文系人間で、おまけに仕事人間で無趣味だった。娯楽と呼ばれるものに興味を示さず、テレビを点けてもタブレットを開いても、閲覧するのはニュースか真面目なドキュメントくらいだった。それもあくまで情報収集のためのようで、少しも楽しそうではなかった。笑った顔など見たこともなく、今もそれは変わらない。この人は何が楽しくて生きているのだろう、と反抗期の頃に思った記憶がある。

「多少な」

親父は控えめに肯定すると、フォークをお椀に突っ込んだ。

「もっと詳しく聞いとこうか？　仕事の内容とか、宇宙のこととか」

少しの間があって、

「何かのついででいい」

しかめっ面を作る。この手の話が好きだが表に出すのは照れ臭い、そんな風に解釈してしまう。僕は少しばかり嬉しくなった。楽しい話題を提供できる。わずかでも贖罪になればいい。

「分かった、今度連絡する時に——」

ぱん、と表で音がした。玄関ドアの向こう、おそらくはマンションの駐車場から。クラクションが続く。誰かが「おい！」と怒鳴る声が更に続く。

「どうしたんだ」

「さあ」

僕は立ち上がって玄関に向かおうとした。

突然、背後から赤い光が差した。壁を真っ赤に照らす。反射的に振り返って僕は眼を細めた。

カーテンの向こう、いや——窓の向こうに、赤い光の玉が浮いていた。ふわふわと上下に揺れている。窓ガラスの近くに迫り、離れる。親父が口をあんぐり開けて光に見入っていた。

ぱんっ、とさっきよりずっと大きな音がした。ぱらぱらとカーテンの裾(すそ)からガラスが落ちて、畳を鳴らす。閉じたカーテンのちょうど中央に、一瞬で人間の頭部ほどの、丸く黒い染みが現れた。染みはすぐさまボロボロと崩れる。染みではなく焦げだったのだ、と遅れて気付く。

窓ガラスとカーテンに開いた穴をくぐって、光の玉は音もなく室内に入ってきた。ゴルフボールほどの大きさで、光の奥に金属質の表面がかすかに見える。

光の玉は親父の足元を通り過ぎ、僕の顔の前に迫った。とっさにしゃがみ込むと、光はそのまま玄関に向かい、すぐに引き返した。ダイニングキッチンをふらふらと漂い、再び和室に戻って無音で旋回する。まばゆい光が畳を、ベッドを、親父を赤々と照らしている。

出し抜けに光の玉は静止した。和室の中央、ちょうど親父の目の高さで。

微動だにしない。完全に空中で止まり、ただ赤く輝いている。

親父を見つめている。

親父は光球を見つめ、光球もまた親父を見つめている。あれが何なのかは分からないが、おそらくは観察しているのだ。興味を抱いているのだ。

そんな空想を頭の中で膨らませていた。それ以外のことは何もできず、僕は黙って光球と親父を見守っていた。

親父の口は開いたままで、目は瞬き一つしない。中途半端に持ち上げた手が震えている。フォークに絡まったうどんがぷるぷると揺れている。そのすべてが真っ赤だ。

うどんがお椀に落下し、ぱちゃん、と汁が撥ねた。

直後、光球は一際明るく輝いた。そして静止した時と同じように唐突に動き出した。カーテンの穴、窓ガラスの穴を一直線に通過して部屋から飛び出す。

赤い光が数秒で遠ざかり、見えなくなった。空に向かったのは察しがついたが、カーテンを開けて確かめることはできなかった。僕がおそるおそる立ち上がり、ベッドに向かったのは十分近く経ってからのことだった。親父は光球が止まっていた辺りをまだ見つめていた。

「親父」

返事がない。

「大丈夫か、親父」

声が上ずる。まだ反応しない。肩を何度か揺すると、親父はゆっくりとこちらを見た。開いていた口をようやく閉じる。

「……お前は大丈夫か」

「ああ。親父は」

「よ、よかったよ」

想定外の答えに僕は何も言えなくなった。また譫妄か。おかしくなっているのか。それともさっきの光球の影響で、譫妄とは違った方向におかしくなっているのか。

ふっ、と親父が息を吐いた。唇が歪んでいる。

「実際に見たのは初めてだ」

そう言うと、親父はフォークを置いた。「すまん、全部は食えん」と詫びる。いつもの硬い顔に戻っていた。

「実際にって、あれを知ってるのか」

「知ってるもなにも、お前……」

親父は途中で口を噤んだ。そこから何を訊いても、黙って首を振るだけだった。

赤い光球は去年から、世界各国でしばしば目撃されていた。オカルト系のサイトはもちろん、信頼できるニュースサイトも大真面目に、それも複数回報じていた。二月には隣の寿町にも現れていて、そういえばそんな報道をつい最近見たことがあるな、と思い出した。

オカルトサイトは当然のように「異星人の乗り物だ」と断定するか、そうでなければ中国の偵察用ロボットではないかと臆測していた。それなりに世間を賑わしてはいるが、騒ぎにはなっていない。そんな印象を抱いた。抱いたところでニュースを追うのを止めざるを得なくなった。

赤い光球が自宅に現れて以来、親父の譫妄が悪化したからだ。

寝起きは必ずと言っていいほど暴れ、パウチを外してしまう。当然、中身は盛大に零れることになる。食事中も箸が止まるか、そのままテーブルに投げ置いて食べなくなることが増えた。お椀を投げることも、訳の分からないことをしゃべり続けることも。

自分のしでかしたことがショックなのか、我に返ると塞ぎ込んで石のように黙ってしまう。声をかけてもまったく返事をせず、タブレットに顔を密着させるようにして延々と番組やサイトを閲覧する。それが終わった頃、また譫妄が始まる。

対策として明け方近くまで起き、親父が目覚める前にパウチの処理をするようにしたが、一週間も続かなかった。バイオリズムが狂い、疲れ果ててしまったのだ。七十五歳の親父と比べれば若いけれど、僕は四十五歳、立派な中年だ。おまけに運動不足だ。とっくにガタが来ていて無理の利かない身体になっている。

そう思い知った時、頭に一つの対策が浮かんだ。すぐさま追い払って、僕は日々の生活に意識を集中させた。人工肛門(こうもん)で両足がなく、我を忘れているか暗く落ち込んでいるかのどちらかしかなくなった、親父の世話をすることに打ち込んだ。

余計なことは考えないようにした。

親父との約束を守ろうと思った。

しかし。

いよいよ貯金が尽きそうになった、三月頭の平日の夜のことだ。

風呂(ふろ)から上がり、浴室から出た瞬間、

「伸一」

久々にまともに名前を呼ばれ、僕は身体を拭(ふ)くのももどかしく服を着た。和室に向かうと、ベッドに仰向(あおむ)けになった親父はすぐさま、

「預金はいくらある?」

と、無感情に訊いた。

「え?」

「前は伸一の方から教えてくれただろ」

僕はその場に立ち尽くしてしまう。心拍数が高まっているのが胸の鼓動で分かった。親父は黙って僕を見つめている、というより睨んでいる。僕は正直に打ち明けた。親父はしばらく黙っていたが、やがて小さく溜息を吐いた。

「実は使っていない口座がある。十五万入っているはずだ」

「……そうなんだ」

「ああ。言っている意味は分かるな?」

息が苦しくなった。膝に置いた手を無意識に握り締めていた。親父は一言一言、区切るようにしてはっきりと言った。

「フェーズ3を頼む。これ以上、迷惑はかけられない」

今度は胸と喉が絞め付けられるような感覚に襲われた。

「いや、さすがにそれは……」

声がかすれて途切れ、「おかしい」と言えなかった。自分の線引きがこの上なく愚かしいものに思えたからだ。

両足を切除するフェーズ2がまともで、両手を肘の上から切除するフェーズ3がおかしい。そう考えるのは僕の手前勝手な理屈に過ぎないと気付いてしまったからだ。

「それともフェーズ4やっちまうか。キットの値段はほとんど変わらないし、一つ飛ばしはできるはずだ」

「できるよ。でも」

「やれよ。お前はもっと楽になる。俺も死ぬまで幸せでいられるだろう。脳の機能を抑制するってことは、要は考えることも悩むこともしなくなるってことだろ。生命活動をしてるだけの肉の塊、年金受け取り用の装置になるってことだろ」

「親父」

「どっちがいい？　順番どおりフェーズ3か、飛ばしてフェーズ4か」

親父は変わらず無表情だった。感情が乱れている様子すら見せない。その冷静さが僕を苛立(いらだ)たせた。激しく混乱させた。

「いいよ。僕がおいおい決める」

僕はどうにか作り笑いを浮かべて言った。

「今決めろ。楽な方を選べ」

親父が食い下がる。

「お前はどうせ他人に助けなんか求めない。現にあれだけ親しくしていた石嶺くんにさえ相談できずにいる。そんな人間が大勢いるから、ケアフェーズなんてものが出回ったんだ。お前みたいな人間にとっては理想の社会だろ？　いい時代になったと思うだろ？」

親父は布団の上から、両方の太ももを叩(たた)いた。ぼすん、と気の抜けた音が和室に響く。怒っているのか、嘆いているのか、呆(あき)れているのか。そのどれもが当てはまる気がしたし、どれでもないような気もした。言葉には皮肉が感じられたけれど、親父の顔は何の感情も表していなかった。

「ごめん」

僕は謝った。まるで子供に、幼稚園かそのくらいの頃に戻ったような気がした。そして改めて思った。

自分はクズだ。

そう自覚している。だからといって特にどうにかするつもりもない。自分だけがクズなのではない。親父の言うとおり、似たような人間が大勢いるからこそケアフェーズがあるのだ。つまりクズではなく普通だ。多数派ですらあるかもしれない。そうやって論点を掏(す)り替え正当化しようとするところも含めてクズだ。だからこれからもクズとして生きていくしかないのだ。

「いいんだ。俺は充分生きた」

親父は全身の力を抜いて、

「お前との四年もまあ、それなりに楽しかったしな」

と言った。まったく予想していなかった言葉に、僕は耳を疑った。

「え、何？」

「楽しかった、と言ってるんだ。自分でも不思議だよ。他に思うことはあるはずなのにな。俺をこんなにしやがってとか、さっさと仕事見つけろとか、逆にこんなことになってすまないとか」

唇をひん曲げる。笑っていると気付くまでしばらくかかった。

ますます混乱してしまい、僕はその場に腰を下ろした。ごちゃごちゃといろんなものが置かれて狭くなった六畳間。閉め切ったカーテンには穴が開いている。あれから取り替えもせず放置していたのだ。

親父を生かし続ける。それ以外は些細なことからも大事なことからも目を背け続けて、僕はこの四年を生きてきたのだ。そんな僕との生活を親父は。

ごめん、とまた言おうとした瞬間、涙が零れ落ちた。畳に当たってぼたぼたと音を立てる。胸の奥から感情が一気に熱を持って溢れ出す。

僕は亀のように丸くなって泣いた。

親父の前でみっともない、恥ずかしい。これでは子供を通り越して幼児だ。そう思っているのに嗚咽も涙も鼻水も止まらなかった。

どれくらい経っただろう。

しゃくりあげるのが収まった頃、「伸一」と呼びかけられ、僕はおそるおそる顔を上げた。親父がベッドに身体を沈めて、僕を見つめていた。ゆっくり首を捻って「何となくだが、そろそろまたおかしくなりそうだ。その前に」とつぶやく。僕はベッドの側に立った。

「どうしたの」

「フェーズ3でも4でも構わないが、それをする前に一つだけ、したいことがある。未練といえば未練だ」

「未練」

「ああ」

親父は顔と目の動きでカーテンの穴を示して、はっきりと言った。

「この目で宇宙船が見たいんだ。石嶺くんに頼んで、何とかしてもらえないか」

○四

赤い光球を目撃して以来、親父は正気を取り戻している間、ずっとネットで光球に関する情報を漁っていたという。それだけでなく天文関係のニュースや天文台の報告、NASAやJAXAや石嶺の会社の、最近の報告にも目を通していた。そしてこんな仮説を導き出していた。

赤い光球は異星人が地球に放った、偵察ロボットである。

その異星人が乗った宇宙船が、もうすぐ空から降りてくる。

根拠は「太陽系の外から巨大な物体が飛来している」というニュースが去年あったが、不自然なほど続報がない」「赤い光球の報道もここ一月でぱたりと途絶えている。これも不自然だ」「きっと宇宙と赤い光球について、大規模な隠蔽工作が行われているに違いない」そして、

「あと少しだ、あと少しで着くって遠くから声がするんだ。いや——そういう考えが直接頭に響くんだ。あの赤い光と会ってから、たまにな」

訊きたいことは無数にあったけれど、

「……UFOに興味あったなんて、全然知らなかった」

僕の口から最初に出たのはそれだけだった。

奇妙なことに、親父は不機嫌そうに口をへの字にした。しばらく手元を見つめ、

「そうか」と諦めたような口調で、

「お前が小さい頃、よく見せてやったんだがな。テレビで放映されてる時は必ず」

「何のこと？」

「『未知との遭遇』って映画だ。SFだとか天文学だとかの話は全然分からないが、俺はあの映画が好きでな」

タブレットの画面を撫でて、お気に入りの配信動画リストを呼び出す。一番先頭に

『未知との遭遇』のパッケージが表示されていた。「CLOSE ENCOUNTERS OF THE THIRD KIND」とあるのは原題で、つまり外国の映画だろうか。

「覚えてないか」

「いや、全然」

「まあ、小さかったからな」

「一緒に見てたってこと？」

「ああ。それであいつは会議室ですっ転んだんだよ」

「え？」

親父は唐突に、お袋が入社してきた時のことを説明し始めた。

どちらも等しく妄言だ。いつもの譫妄に決まっている。そう考えるのが理性的な判断だろう。「未練といえば未練だ」の辺りから譫妄が始まり、途中で話題が変わっただけで、だから受け流すのが妥当だと。

だが――

「何だって？」

タブレットで石嶺に電話して親父の要望を伝えると、彼は大袈裟なほど驚いた。

「本当にお父さんが、そんなことを言ってたのか？」

「ああ」

休日の午後。親父が眠っているのを引き戸の隙間から確認して、僕は続けた。

「妄想だとは思うけれど。それに近い……あるいはそれっぽいことを知ってたら教えてもらえないか。流れ星が見えるスポットとか、惑星がいい具合にUFOみたいに見える時期とか……」

「おい、伸一」

タブレットの向こうから溜息が聞こえた。ややあって、

「もっと大事なことがあるんじゃないのか」

「大事なこと？」

かすかなうめき声がしたかと思うと、

「金だ。生活費だ」

石嶺は言った。

「伸一の家が大変なことくらい、すぐ分かったさ。だから遠慮なく言えって前に伝えただろ。ちゃんと聞いてなかっ――」

「じゃあ今貸してくれ」

僕が遮るように頼んでみせると、石嶺は黙った。何か言おうとして躊躇っているのが、息遣いで分かる。

「石嶺」僕は静かに呼びかけた。「あの時は本当にそのつもりだったかもしれないけ

ど、今は事情が違うんじゃないのか。ブログで読んだよ。先月、お母さんを老人ホームに入れたんだって？　それもかなりいいホームに」

長い沈黙が訪れた。僕は自然と息を潜めていた。

「……伸一、自分はアレだけど貸してくれそうな人間には心当たりがある。だからそれで」

「いいんだ。ケアフェーズがあるから。3か4かは迷ってるけどな」

「だからそんな非人道的なモノは」

「要るよ。石嶺は要らない世界の住人だけど、僕には要る——ケアフェーズを使うことを選ぶ世界の住人なんだ。今更どうにもならない。はは」

自嘲の笑いが零れた。視界がじんわりと滲む。

石嶺と学食で馬鹿話をして盛り上がった、いつかの夕方を思い出していた。僕が大手の家電量販店から内定を貰った時、彼は自分のことのように喜んでくれた。彼が院試に受かった時は僕も嬉しかった。卒業して慌しくしているうちに疎遠になり、僕はよりよい待遇を求めて転職を重ねるうちに逆にどんどん収入が減り、住む家が慎ましくなり、特に確固たる意志もないまま独り暮らしを続け、これは不味いんじゃないかと焦りはしたものの特に具体的な対策はせず、努力することもなく、その一方できっと石嶺はこつこつと、着実に——

目を拭い、暴れ出す後悔を振り払って僕は言った。

「で、宇宙船の件はどうなんだ、石嶺」

「えっ？　ああ」

話があちこちに飛んで戸惑っているのだろう、彼はしばらく黙ってから、

「悪いけど、お父さんが考えているような事実はない」

きっぱりと言った。

特に驚くことはなかった。赤い光球の存在は確かに不可解で、あの異様な動きは人間が作ったものには見えなかったけれど、それはそれだ。宇宙船が飛来してくるとは考えていなかったし、石嶺がその件に精通しているとも思えなかった。

近いうちに流れ星が見える場所をいくつか挙げてから、石嶺は「本当にすまない」と絞り出すように言った。

「安請け合いしただけで、実際は何一つ助けにならない。本当に申し訳ない」

「いいよ。ありがとう」

僕は本心から言った。仕事を見つけることも、金を工面することも、存在するかどうかも分からない宇宙船を見ることも、ぜんぶ無理難題だったのだ。僕の世界では等しく無謀だったのだ。

「休みの日にすまん。じゃあ」

通話を終えると僕は和室に戻った。眠っている親父を眺めて、小さく溜息を吐く。目覚めたら何と伝えよう。「石嶺は知らないといっていた」と正直に言うか、もしくは嘘を吐いて、教わった日時に連れ出し流れ星を見せるか。その二択だ。それが終わればケアフェーズだ。それしかない。手は尽くした――

タブレットがぶるぶると震えた。通話だ。誰かが僕に電話をかけている。そんなことがあるのか。あまりに久しぶりで何の感情も湧かず、何をすることもできず、僕はしばらく液晶画面を見つめた。

〈石嶺泰明〉

画面に表示されている文字の意味を脳がようやく認識し、僕は「えっ」と反射的に声を上げた。慌てて通話モードにして耳に当てると、

「伸一。すまない」

苦しげな声がした。ぜいぜいと息が切れている。ごうごうとタブレット越しに聞こえるのは風の音か。かつかつと鳴るのは足音――走る音か。この数分で何があったのか。訊こうとすると、

「今すぐそっちに行く。伝えてすぐ帰る。待っててくれ」

石嶺は一方的に言うと通話を切った。

僕は訳が分からないまま通話時間が表示された画面を眺めた。

親父がぼんやりした目で僕を見上げていた。

三日後の深夜二時。

いつもならとっくに寝ている時間だけれど、少しも眠くない。むしろ頭も目も冴えていて、緊張と興奮で混乱している。これからすることは間違いなく「悪い」ことで、だから「こっそり」行わなければならないのがまず一つ。もう一つは、自分の置かれている状況を未だに信じられないでいることだ。

「どうした、伸一」

声を潜めて親父が訊いた。買ったばかりのダウンコートのフードから顔を覗かせて、

「準備はいいぞ」

と、懐中電灯を掲げてみせる。

「うん、分かってる」

僕も小声で返した。古く安く狭いマンションとはいえ、普通に話していれば隣家に聞こえることは決してない。それなのに僕も親父もひそひそと会話している。可笑しいのは承知だったが、そうしないではいられなかった。

僕は親父を抱き上げた。玄関で車椅子に乗せるのに時間がかかってしまい、早くも焦りが芽生える。

「急がないと、急がないと……」

「落ち着け。大丈夫だ」

励ます親父を車椅子に乗せると、僕は家を出た。廊下を抜けマンションの出入り口をくぐり、歩道を進む。暗く静かな夜道を無言で、車椅子を押して。

「凄いな」

親父が言った。口を開いて空を見上げている。僕は歩調を落としてそれに倣う。分厚い雲が全天を覆い、街の灯りにぼうっと照らされていた。あまりにも分厚くて今にも地上に、僕たちのもとに垂れ落ちてきそうなほどだ。

「いい宇宙船日和だ」

そうつぶやくと、親父はふっと笑い声を漏らした。僕もかすかに笑い返すと、目的地に向かって歩き出した。

石嶺が教えてくれた場所。

練馬区寿町の東端にある公園――寿が丘公園へ。

三日前のことを思い出していた。

「お父さんは？」

我が家を訪れた石嶺は開口一番に訊いた。顔は汗だくで真っ赤だった。挨拶もせずに上がり込む。僕が案内すると、彼は「ご無沙汰してます」と軽くお辞儀をして、

「なぜご存じなんですか」

と、親父に迫った。

「お、おい石嶺、いったい――」

「誰から聞いたんですか。情報の出所をおうかがいしたい」

石嶺は僕を無視して質問を重ねた。

親父はきょとんとしていたが、やがて口を開いた。

「調べて推理しただけです。あとは……頭に直接、そんな声がした」

こめかみを突く。石嶺は困惑しきった表情で和室を歩き回った。二人のやり取りと石嶺の振る舞い、どちらもまったく意味が分からない。訊くタイミングをうかがっていると、

「誰にも言わないでください。お父さんもですが、伸一も。頼む」

強い口調でそう前置きすると、石嶺は話し始めた。その内容はあまりにも非現実的で、僕は何度も「嘘だろ」「冗談はよしてくれ」と遮った。その時も信じられなかったし、今も信じているとは言いがたい。半信半疑、いや、三信七疑とでも表現した方が正確だろうか。

広がる雲の下、真っ暗な大通り沿いに東へと歩いていた。こんな時間でも車が走っている。春だというのに肌寒く、万全を期して親父にコートを着せてよかったとわず

かに安堵する。その親父はまっすぐ前を向いていた。フェーズ2を施して以来、車椅子に乗せたことは数えるほどしかなく、外出した回数は片手に満たない。車椅子もネットで買った中古だった。僕の押し方がまずいのか車椅子のフレームが曲がっているのか、真っ直ぐ押しているはずなのに、少しずつ左に曲がるので、僕は何度も軌道を修正した。

遠くに赤い光の連なりが見えた。そのまま進むとやがて赤い三角コーンと、「緊急」「ガス管工事」「通行止め」と書かれた幾つもの巨大なパネルに行き当たった。作業服を着てヘルメットを被った男たちが行き交っている。オレンジ色に輝く誘導棒を振りながら、警備員が車を迂回させている。歩道にも警備員が待ち構えていて、「通行止めでーす」とこちらに呼びかける。

石嶺の言ったとおりだった。

今日この時間、この道はガス管の補修を理由に通行止めになる。車も歩行者も通れなくなる。絶対にそうなる。

なぜなら――

僕は路地に入った。タブレットを開いて地図アプリを起動させ、石嶺の指定した経路を表示させる。遠回りになるがこの経路なら人に見つからずに寿が丘に行ける。念のため周囲の様子には気を配ってほしい、と石嶺には注意を受けている。

なぜなら――

静まり返った真っ暗な住宅街。車椅子の車輪がアスファルトを擦る音だけが響いている。視界が白く霞んでいる気がして僕は瞬きを繰り返した。

気のせいではなかった。

霧が辺りに立ちこめていた。正確には向こうから――丘の方から住宅街に流れ込み、家々を包み込んでいる。これも石嶺の言っていたとおりだった。

親父が小さく呻いた。「大丈夫？」と訊くと、「ああ」と掠れた声で返事をする。

「凄いな」

先と同じ言葉を繰り返し、先と同じように上を向く。雲は手を伸ばせば届きそうなほど頭上すぐ近くに迫っていた。霧はますます濃くなり、目の前の家以外はほとんど見えない。

「いよいよだな」

「まだ分からないよ、親父。偶然かもしれない」

「こんな偶然あるわけないだろう」

「どうだろう。でもぬか喜びになるといけな――」

そこまで言った時、背後で気配がした。瞬間、赤い光が霧を照らす。

ひゅん、と耳元で空気が鳴った。

赤い光球が僕の左耳の側を掠めて、一直線に路地を突っ切っていった。霧を赤く染めながら遠ざかり、視界から消える。僕はいつの間にか足を止めていた。光球が消えた先、霧で何も見えない路地の向こうを見つめていた。

赤く光る。

また赤く光る。

照らされた霧が光球の軌跡を浮かび上がらせている。一つや二つではない。たくさんの光球が公園へ集まっている。

「あれも偶然か？」

親父が訊いた。

「いや……」

僕は最小限の言葉で返す。

もう間違いないのだ。石嶺は本当のことを言っていたのだ。

午前三時、寿が丘公園に宇宙船が降りてくる。

僕は車椅子を押した。

○五

正気でいる間に親父が調べて推測したことは、驚くべきことに概ね当たっていた。石嶺が言うには昨年の元日、各国の調査機関が同時に、太陽系の外から何かが飛来していることを観測したという。

静止軌道上に浮かぶ望遠鏡で撮影された「何か」は、直径二キロ、高さ五百メートルの円盤だった。完全な左右対称形で、しかも時折軌道を変えていた。つまり人工物であること、推進装置を有していることはほぼ確実だった。それと時を同じくして、世界中で赤い光球が目撃されるようになった。調査の結果、光球は円盤から放たれ、円盤の数万倍の速度で地球と円盤を行き来していることが分かった。

円盤と交信を試みたのは石嶺の勤める会社だ。返信と思しき電波が地球に届いたのは今年の頭だった。波形から割り出されたのは数値で、すぐに日時と緯度経度だと判明した。

「一連の調査や交信は極秘で進められた。異星人とのコンタクトも極秘裏に行われることになった。間違いなく世界が大混乱に陥るからです」

石嶺は親父にそう説明した。

「今までも極秘で進めていたことはあったんですかね。エリア51だとかハンガー18だとか、映画や小説のように」

親父の問いに、石嶺は真顔で首を横に振った。

「初めてです。知的生命体の乗り物だと思われる人工物が、明確な意志を持って地球にやってくるのは」

和室で大真面目に話している二人を見ながら、僕は呆気に取られていた。あまりに現実味のない話題に笑みさえ浮かべていた。気付いた石嶺が笑い返す。

「冗談だと思うだろ？　事実なんだ。だから伸一から電話があった時、僕は本当にビックリした。一体どこから漏れたんだ、大事だって思ったよ」

「そんな……」

「石嶺くん」親父が呼んだ。「ということは、これから石嶺くんが大変なことになるんじゃないですか、我々民間人に教えたせいで」

親父が心配そうに訊く。石嶺は天井を見上げて、

「ですよ。でも思ってしまったんです。お父さんと伸一くんには、せめてこれだけは伝えた方がいいって」

と言った。

分厚い雲と白い霧はアメリカ製の機械で発生させたもので、寿が丘公園を視覚的に

外界から遮断するために散布しているという。道路は封鎖され、土木作業員や警備員に扮した自衛隊員が見張っている。丘には総理大臣や防衛庁長官、各国の言語学者や宇宙科学の専門家も集っているらしい。丘に登ることは無理でも、近くで円盤を見ることは可能だろう。石嶺が提案したのは公園の東側にある、コインパーキングに出るルートだった。いい按配で木々に遮られ、公園にいる人間からは見えにくいはずだ、と言っていた。

霧の中を進む。遠くの方でまた赤い光が舞っている。歩いているうちにぞくぞくと、全身に寒気が走った。鳥肌も立っている。腰が浮くような感覚もする。緊張しているのだ。今まで生きてきて体験したことのない領域に、足を踏み入れようとしている。親父は車椅子の上で身動き一つせず、まっすぐ前を向いていた。

午前二時四十八分。

不意に霧が晴れた。いや、霧を抜けたのだと遅れて気付く。目の前の広いコインパーキングは半分ほど車で埋まっている。空いている駐車スペースに車椅子を着け、木々の間から公園を覗く。

「親父、見える？」

「ああ」

なだらかな丘には大勢の人が詰めかけていた。あちこちに巨大なライトが設置されているため明るく、青々とした芝の一本一本がくっきりと見えるほどだ。

白いテントの下には大きな機械が並んでいる。

幾本かの光の筋が分厚い雲を円く照らしている。

歩き回っている隊員たちの周囲を、赤い光球が飛び交っていた。慣れっこになっているのか、彼らはまったく気にしていないように見える。

人々の慌しさと緊張が伝わってくるようで、自然と息を殺していた。

タブレットが震えた。

〈来てるか〉

石嶺からのメッセージだった。

〈ああ。駐車場にいる〉

〈こっちはテントにいる〉

親父に伝えると、「あれじゃないか」と指先だけでテントの方を示す。スーツ姿のぽっちゃりした男が、こちらを気にしているような素振りを見せる。石嶺だろうか。手を振るべきだろうか。迷っていると、「いや、他の人間に気付かれる」と親父に制止された。

「寒くないか」

「ああ」

「お茶持ってきたけど」

「大丈夫だ」

「背中は痛くないか」

返事が途絶える。

「親父」

のぞき込むと、親父は複雑な表情で丘の上を見上げていた。唇が震えている。

ややあって僕に気付くと、

「ああ、すまん」

「どうしたの」

親父はぱちぱちと瞬きして、

「来るそうだ」

と言った。

意味が分からず戸惑っていると、風が顔を殴りつけた。思わずよろけてしまう。体勢を立て直して丘を見上げた瞬間、僕は声を上げそうになった。

丘の頂上のちょうど真上。

雲に巨大な穴が開いていた。見ている間にもどんどん広がっていく。渦を巻いて散っていく。人々が更に慌しく動き回り、ライトが穴に向けられる。

幾筋もの光が雲の向こうにある、銀色の何かを照らした。そう思った瞬間、空を覆っていた雲が消えた。跡形もなく消え失せた。

はっ、と親父が息を呑むのが聞こえた。

雲が消えた夜空に浮かんでいたのは、巨大な銀色の「円」だった。

円盤ではなく円。そう表現するのが一番妥当に思えた。凹凸も継ぎ目もない、ただの円。光を放ってもいないし、ハッチが開いたり推進装置が火を噴いたりもしていない。ライトの光を受けた部分がまばゆく輝いている。

遠近感が狂っていた。

軽い目眩さえしていた。

子供がクレヨンで描いた円い図形を、目の前に突きつけられたような感覚に陥っていた。夢を見ているような気もしていた。

近くの家々の住人に気付かれるのではないか、気付かれたら大騒ぎになるのでは、と余計な心配をしてしまう。

いくつかの光球が「円」めがけて一直線に飛んでいき、接触するかと思ったら軌道を変えて再び降下する。聞こえるのは丘の上の人々が出す音と、ここからでは聞き取れない彼らの会話だけだった。「円」からは何の音も聞こえない。自分の口は開けっ放しで、車椅子を摑んだまま身体を思い切り反らしている。不自然な姿勢で首が痛い。

でも気にならない。今はそんな場合ではない。ずっとこの光景を、「円」を見続けていたい。目が離せない。

「ああ、あ……」

声がした。親父の声だと気付いたのは少し経ってからだった。啜り泣きが続く。親父は円盤を見上げながら涙を流していた。頬が濡れて光っている。両手で顔を拭い、再び空を見上げる。親父が泣いているのを見るのは初めてだった。

僕の視線に気付いて、親父は「すまんな」と言った。

「生きているうちに、こういうものが見られるとはな」

「……本当に好きなんだね」

「好きというか」

親父は洟を啜ると、

「どうでもよくなるからな」

僕は反応できなかった。黙って先を促す。

「あれだけの技術と、知性があるんだ。はるか遠くからここまでやってくるくらいのな。目的なんか分からない。こっちはただ迎えるだけだ。大慌てで準備して、極秘で事を進めて……ちっぽけだろ。日々の暮らしなんか、どうでもよくなる。辛いことも、苦しいことも」

うっとりとした目で空を見上げて、

「映画を見てるとそんな気になった。今はその何千倍も実感してる。どうでもいい。手足がなくなろうと、ただの肉の塊になろうと、もうどうでもいい。どうでもいいんだ」

はらはらとまた涙を零した。

何も答えられなかった。ほとんど自分の話をしなかった親父がそんなことを考えていたとは想像もつかなかった。そんな風に宇宙に、異星人に思いを馳せていたとは知らなかったし、人生が辛いと感じていたなどとは微塵も思わなかった。

僕は親父のことなど何も知らなかったのだ。

「見ろ」

親父が言った。

見上げると「円」のあちこちに、いつの間にか穴が開いていた。信じられないほど巨大なシャワーヘッドのようだ。穴は小さく見えるが実際は直径数メートルはあるのだろう。異質すぎて正確な大きさが認識できなくなっている。

不安が膨らんでいた。

何かが起こる。起ころうとしている。それは前向きで素晴らしいことかもしれないし、恐ろしいことかもしれない。侵略、攻撃。物騒な単語が頭に浮かぶ。でも対処の仕方など分からない。せめて目を逸らさずにいることしか。

丘の上の人々も動くのを止め、穴の開いた「円」を眺めていた。

やがて「点」が現れた。

無数の黒い点が「円」から落下していた。いや――降下していた。漂うように、それでも確実に高度を下げて、地上に降りてきている。少しずつ輪郭がはっきりしてくる。色も分かる。「円」と同じ銀色で、ラグビーボールのような形をしている。

銀色のラグビーボールは空一面に広がり、丘に、街に降り注いだ。これでは隠蔽工作も間に合わない、石嶺たちの苦労も水の泡だ、とぼんやり思った。

ラグビーボールの一つが、ふわりと駐車場に降り立った。ここまで接近してやっと大きさと質感が分かる。一抱えほどあり、金属にも樹脂にも見える。アスファルトに着地しても音一つ立てず、まったく動かない。どこかが開いたり、アームを伸ばしたり、煙や炎やビームを出したりもしない。ただ転がっている。

親父と目配せして、僕は車椅子を押し大きなラグビーボールに近づいた。足が竦んでいたが構ってはいられなかった。というよりどうでもよかった。

親父の言うとおりだ。未知の圧倒的な存在の前には、自分の気持ちなどどうでもよくなるのだ。今までのこと、これからのことも考えられなくなるのだ。

僕たちはラグビーボールをのぞき込んだ。親父が懐中電灯を照らす。背後の丘でざわめきが聞こえる。

とても薄い素材で、中が透けて見えた。

「おお……」

親父が掠れた声を上げた。

中には梅干しのような塊が入っていた。色も質感も本当に梅干しそのものだが、大きさは西瓜ほどもある。皺だらけの表面はふるふると震え、左右の小さな穴が規則的に、ぱくぱくと開閉している。縦に二つ並んだ一際深い皺がわずかに開き、中から黄色いものが覗いた。

瞳だ。黄色い瞳がまぶしそうに、こちらを見上げている。

長い首が分かった。痩せ細った肩も見えた。二つの目を見定めたことで、僕の脳は異星人の全体像を認識できるようになったらしい。

頭と胸だけの、人の形に近い生物だった。

髪も体毛もない。手もない。どうやら腰から下もないらしい。ここからは見えないし、ラグビーボールのサイズから考えて存在するとは思えない。

視界の隅、すぐ近くの道路に、新たなラグビーボールが着地した。その隣にも、少し離れたところにある民家の門の前にも。

異星人はかすかに、うなずくような動作をした。

瞬間、ラグビーボールの表面にいくつもの図形が浮かび上がった。規則正しく並んでいる。くさび形文字とトンパ文字を組み合わせたような、読めない図形。

無意識に首をかしげていた。親父も「文字か」と言ったきり何も言わない。再び異星人がうなずいた。

〈请　喂〉

中国語だろうか。いずれにせよ、この星の文字だ。

〈Feedus〉

〈Alimentar〉

見慣れた文字が続けざまに表示される。だが意味は分からない。翻訳するといい、と漸(ようや)く気付いてタブレットを引っ張り出そうとしたところで、また新たな文字が浮かぶ。

〈わたしたちをやしなってください〉

黄色い目が哀願するような視線を僕に送っていた。

膨らんでいた感情が瞬時に凝り固まった。ざわざわと胸が騒ぐ。喉(のど)が詰まったような感覚に襲われ、口の中が一瞬で、からからに干上がってしまう。

タブレットが振動していた。

「大丈夫か、伸一」

石嶺の声は心配と戸惑いに満ちていた。「怪我はしていないか。何か異常なことは」

「ないよ」

僕は答えた。

「今はこの、生き物の入った乗り物を見てるよ。文字が表示されてる」

「ああ、我々もおそらく同じ物を見ている」

仕事中はこんな話し方をするのだな、と心の隅で驚く。

丘の上に目をやると、あちこちに人だかりができていた。ラグビーボールは後から後から降り注いでいる。

僕が文字を読んで聞かせると、石嶺は「そうだ」と答えた。

くくっ、と笑い声が続く。

「どうしたの」

「いや、おかしくてな。途方に暮れてるというのか……専門家なのに何のことだか、さっぱり分からない」

「言葉の意味が？」

「ああ。あちらさんが翻訳を間違えたんじゃないかって気すらしてるよ」

「そうか」

僕は答えた。そっけない口調だなと自分で呆(あき)れていた。でも仕方がない。石嶺には分からないのだ。経済的余裕があって、親を老人ホームに入れられる人間には。

ケアフェーズを使わないでいい層には。

〈わたしたちをやしなってください〉

文字が点滅している。異星人の大きな目が瞬いている。

僕は納得していた。腑に落ちていた。

彼らが何をしにきたのか、臆測にすぎないが確信していた。直感が真実だと告げていた。

赤い光球に遭って以来、親父が彼方からの声を聞けるようになった理由も察していた。同じだからだ。目の前のラグビーボールの中にいる生物と、車椅子の上の親父は似ているからだ。そっくりな境遇に身を置いているからだ。

この異星人は老いさらばえている。

それでもなお生かされている。四肢を切断され、生命活動を維持しやすいように改造されて。

殺すに忍びないせいか。それとも合理的で打算的な目的があるせいか。

例えば年金を受け取るために。

僕たち人類は、彼らの介護を丸投げされたのだ。

はるか彼方の星の住人によって、この地球は言ってみれば——姥捨山に定められたのだ。

親父が懐中電灯を消した。ややあって、がっくりと肩を落とす。つい数分前より全身が縮んだように見えた。この瞬間にも萎んでいるように思えた。その顔を覗き込む勇気はとても湧かない。

「どうした伸一、何かあったのか」

石嶺の声がするタブレットを耳から離し、僕は丘を見上げた。

「円」は上昇していた。動きは見えないが現れた時より遠ざかっているのが、見た目の大きさで分かる。もう用は済んだ、ということか。

赤い光球の舞う中、膨大な数のラグビーボールが、次々と辺りに舞い降りていた。

愛を語るより左記のとおり執り行おう

〇一

机と椅子が並んだ《編集室》でぼんやりしていると、視界の右隅にアイコンが浮かんだ。抽象化された女性のアイコンだ。その下に〈メッセージが届きました〉の文字が表示される。

遂に来たか。

ずしりと全身が重くなるのを感じながら、私は視線でアイコンをクリックした。

女性のアイコンが視界の中央やや下に移動し、上部に簡潔なテキストを吐き出す。

〈本日二一〇八年二月十一日午後一時四十三分、天祢玲様が永眠されました。心よりお悔やみ申し上げます〉

ぐっと息が詰まった。覚悟はしていても身体は反射的に緊張する。

沖縄の老人ホームにいる母が、たった今死んだ。

担当医師が管理する患者のデータと、生命維持装置の情報、そして死亡診断書の発行通知をもとに、傷病者監視アプリケーション「おみまい」が予め登録されていた親族および知人に一斉送信したテキスト。何度読み返しても意味は同じだった。

母が死んだ。母が息絶えた。

私の母、天祢玲が生命活動を停止した。

享年八十一歳。きっと心不全か多臓器不全が「死因」として記録されるだろうが、要は老衰だ。加えて死期も予想どおりではある。おそらく私が不惑を過ぎた頃だろうと前々から思っていた。そして私はつい先日、四十二歳になった。

だから取り乱したり慟哭したりはしなかった。深くて重い、静かな悲しみにじわじわと心を侵蝕され、長い長い溜息を吐いただけだった。

「カズさん」

隣の席で部下の多田が顔を上げた。一回り年下の、最も信頼のおける編集マンだ。

「ひょっとして……」

「ああ、お袋がね。遅くに私を産んで、女手一つで育ててくれた」

「ご愁傷様です」

彼は沈痛な面持ちで言った。ややあって、

「葬儀はここですよね。このまいてもいいですか、それとも直接おうかがいしましょうか」

「悪いけど直接の方がいいな。この部屋の容量じゃ無理だ」

「時間は？」

「ちょっと待ってくれ」

「おみまい」から新しいメッセージが届いていた。

〈予定どおり本日二〇八年二月十一日午後九時より、《喪主・天祢和也様ご自宅》《老人ホームしまんちゅ》《株式会社月光映像企画・本社ビル》の三箇所にて、天祢玲様の仏式葬儀「そよかぜ」を執り行います。各住所は下記をご参照ください〉

そうだ、確かに「おみまい」にそう登録しておいたのだ。自分で決めておいてすっかり忘れていた葬儀の段取りを、ようやく思い出す。多田に伝えると、彼は困ったような表情を浮かべた。

「どうしましょう、本社ビルの方が近いんですよ」

「だったら本社でいいさ。無理してここに来ることはない」

「ですが」

「気持ちは嬉しいよ。ありがとう」私は自然と笑顔になると、「でも負担が少ない方を選べるように、何箇所かで同時開催するわけだからさ。素直に自分の都合を優先してくれ」

ほとんど無意識に手を伸ばし、多田の肩を叩こうとした。私の手は彼の肩をすり抜け、胸を貫通した。何の感触もない。

「カズさん、またですか」と多田が苦笑する。

「悪い。つい忘れてしまう」

現実の彼はここではなく、千葉かどこかの自宅にいる。互いのデバイスコンタクトレンズを専用アプリ「シェアスペース」で同期させ、この部屋に彼の姿を映し出しているだけだ。一方でいま彼の視界には私が映し出されていて、彼の胸元に手を突っ込んでいる風に見えるのだろう。部屋のあちこちに埋め込まれた極小マイクとスピーカーで、音声でのやり取りは可能だった。

「じゃあ申し訳ないですが、お言葉に甘えさせていただきます」

多田は座ったまま頭を下げた。

「いいって。それより時間の許す限り作業しよう」

私は正面の壁を手で示した。映像が大きく投影されている。マンションの一室で、老人が機械の腕を伸ばしながら、手前の老女に迫っている。

ウェブ配信ドラマ『SFストーリーランド』第七話、「パラダイス銀歯」終盤のシーンだった。CGIで作った機械の腕の動きが不自然で、多田に指示して作り直させている。今回は絶対に失敗できない。

閲覧者数は回を重ねるごとに減少していた。この第七話で更に減れば打ち切りは確定だろう。手がけたドラマが打ち切られるのは四度目になる。ディレクターを下ろされるか、あるいは解雇されるか。いずれにせよ私のキャリアは下降の一途を辿っている。このままでは地に落ちる。

母が何年も前から植物状態でよかった。私を心配することなく旅立ってくれてよかった。死別の衝撃はそれなりに大きいが、安堵の気持ちは確実にある。

多田が手元のタブレットを操作し、機械の腕を修正する様子を、私は黙って見つめていた。

六時半まで修正を進めて、「よし。残りは明日にしよう」と多田に言った。彼は疲れた顔も見せずに立ち上がると、「お疲れ様です。会社に行きます」とタブレットを操作する。私も視界の隅の「シェアスペース」のアイコンを操作し「終了」コマンドを選択する。

音もなく彼の姿が消えた。《編集室》も消え失せる。

代わりに現れたのは十畳の和室だった。照明以外は何も置いていない、がらんとした和室。マンションの四階、七年前に購入したマイホームの一室だ。

畳の感触が足の裏に伝わった。不思議なものだ。《編集室》にいた時は何も感じなかったのに。

私は部屋を出ると台所に向かった。

夕食の準備をしていると妻の柚菜が帰ってきた。娘の樹理を連れている。保育園に迎えに行くのは基本的に彼女の仕事だ。朝に預けるのは私の仕事。

顔を合わせるなり柚菜は口を開いた。

「パパ、お祖母ちゃんが」

そこで言葉を切る。瓜実顔は無表情で、私と同じく冷静なのが分かった。その一方で深く悲しんでいることも見て取れる。まともに会話できたのは三年ほどだが、母と妻の仲は客観的に見て良好だった。

「ああ」

私は簡潔すぎるほど簡潔に答えた。五歳になる樹理はよく分かっていないらしく、「ごはーん」と私の腰にすがり付いた。

夕食を済ませて喪服に着替える。私はスーツ、柚菜はワンピース。樹理は来年の入学式で着ることも想定した、制服風のブレザーとプリーツスカート。

午後八時。和室で壁をミラーモードにし、並んで身嗜みを確認していると、目の前に女性のアイコンが現れる。

〈喪主・天祢和也様

準備が完了しました。

仏式葬儀「そよかぜ」を展開しますか？

はい／いいえ〉

本社にいる部下と「しまんちゅ」の担当者にメッセージで連絡し、問題がないことを確かめてから、私は視線で「はい」を選択した。襖の外から柚菜と樹理が、興味深げに覗き込んでいる。

アイコンが光る。「シェアスペース」も光る。鏡張りの和室いっぱいに、金色のまばゆい粒子が舞い散った。

そう思った次の瞬間には、和室は《そよかぜの間》に変わっていた。事前に選んだとおりの光景が目の前に広がっていた。

簡素な祭壇には白と紫の花が飾られ、その中央に母の遺影が立て掛けられている。まだ歩けていた頃に撮った、老いてはいるが理知的で穏やかな顔。こちらに微笑を向けている。

手前には棺が置かれていた。清潔な白い布で覆われている。

周囲の壁には鯨幕が張られていた。

天井からは間接照明の柔らかな光が降り注ぎ、辺りに白い鳩と小さな天使がふわふわと舞っていた。鳩たちは祭壇や棺に純白の美しい羽根を落とし、天使たちは幼い顔に微笑を浮かべている。幾人かは鳩に跨っていた。

「すごいっ」

樹理が感嘆の声を上げた。デバイスコンタクトレンズにはすっかり慣れたらしい。レンズを痛がることも嫌がることもなければ、目に映るモノが現実か立体映像かを必要以上に気にすることもない。ただ状況を受け入れ、素直に驚いている。

「こら、はしゃがないの」

柚菜が諫めるが興奮は収まらないらしく、小股で祭壇に駆け寄った。遺影、祭壇の花をまじまじと見つめ、次いで棺に視線を落とす。

棺の中央に、柔らかな青い光が点っていた。ボタンや電灯があるわけではなく、ただ光る点が棺の上の座標軸に配置されている――そんな按配だった。

「これ、押していい？」

「ああ。指じゃなくて、目で見てやるんだ」

「うん」

樹理は光を見つめた。「えいっ」と小声で言った直後、光が黄色に変わる。

棺の小窓が音もなく開いた。私と樹理は同時に中を覗き込む。

母の顔があった。花に埋もれるようにして目を閉じていた。まるで眠っているようだ。頬もほんのり赤く、唇も血色がいい。最後に見舞いに行った三ヶ月前と印象は何も変わらない。それでもよく見ると微動だにしておらず、呼吸音も聞こえない。

当たり前だ。これは遺体をスキャンしたデータを元に再現した映像で、動かすこと自体はシステム上可能だろうが、そんな需要はないに決まっている。少なくとも私は望まない。

いや——本当にそうだろうか。

もし母が動くなら、動いて話せるなら、私は母に話しかけるだろう。作り物の映像だと分かっていても語りかけるだろう。他愛もないこと、妻のこと娘のこと。私がまだ幼い頃に父と離婚した理由も、詳しく訊くかもしれない。「あの人が浮気したから」以上のことを。

そして周囲に誰もいなくなってからは、仕事で悩んでいることを打ち明けるだろう。聞いてほしいことは山ほどあった。訊きたいことも山ほどあった。

それなのに母は死んでしまった。死んでしまったのだ。

「パパ、どうしたの」

樹理に訊かれて初めて、私は自分が泣いていることに気付いた。

零れ落ちた涙が母の顔をすり抜けていった。

九時になる少し前から弔問客がやってきた。私たち夫婦の仕事関係の知り合いや友人、そうでなければ樹理の友達の保護者だ。

彼ら彼女らが棺の前に正座すると、眼前に数珠が現れた。数珠の輪の中に指を一秒ほど通すと、今度は漆塗りの香炉がふわり、と虚空から飛び出す。視線で選択すれば、香炉の上部でパラパラと抹香が舞う。そのタイミングで弔問客は合掌しお辞儀をする。焼香だ。シェアスペース葬儀が普及する以前から変わらず続いている、伝統的な作法。

《そよかぜの間》にはいつの間にか読経が流れていた。歌うような唸るような声が胸に染み入り、私は落ち着きを取り戻していた。

視界の隅で仏壇アイコンが時折揺れ、テキストを表示する。

〈香典：一之瀬俊成様から一万円〉

遺影を視線選択して所定の手続きを踏むと、弔問客の口座から私の口座に、指定された額の香典が振り込まれる。香典返しは「おみまい」が代行してくれる手筈になっているから、特に気にかけることはない。

本社としまんちゅの会場は完全に「おみまい」任せだ。説明書を読む限りでは、今頃私そっくりの顔をした映像が弔問客に応対しているはずで、特にトラブルがあったという連絡は来ていない。何もかも問題なく進んでいる。葬儀はしめやかに執り行われている。

私は弔問客一人一人に深々と頭を下げ、礼を言った。

「遠路はるばるお越しいただきありがとうございました。お清めの塩、お清めの塩」

仏式葬儀ではこう挨拶して、弔問客を見送るのが通例だという。意味はまるで分からないが、宗教的儀礼や祭事とはそんなものだろう。理解することが大事なのではない。複数人で粛々と行うことが大事なのだ。体験を共有し苦悩を分け合い、新たな日々を生きるために。

「ありがとうございます。ぱっぱっ」

弔問客たちはそう言って帰っていった。これも同じく通例だった。

十時半を回る頃には誰も来なくなった。棺を前に、祭壇を見上げながら、樹理に母の話を聞かせてやっていると、

〈喪主・天祢和也様

すべての弔問が終了しました。仏式葬儀「そよかぜ」を格納しますか？

はい／いいえ〉

女性のアイコンがそう訊ねた。

《そよかぜの間》にはオルゴールの音が流れていた。奏でられているのは「蛍の光」。どこの誰の葬儀でも耳にする、定番の楽曲だ。厳粛な気持ちになりながら本社と老人ホームの状況を確かめ、「はい」を選ぶ。

遺影がオレンジ色の光を放った。写真の母がゆっくり口を開く。

「柚菜さん、ありがとう。もっと話したかったよ。樹理、大きくなったね。これから

も見守っているよ」

母そっくりの声だった。発言は「おみまい」が生前の記録から推定した、「遺族に向けた最後の言葉」だ。内容は今この瞬間まで伏せられていて、耳にするのは初めてだった。

「蛍の光」がいつの間にか、フルオーケストラになっていた。

鳩と天使が遺影の上を旋回する。

柚菜が「ううう」と口を押さえ、身体を折った。樹理が目を細めて遺影を見つめている。

「和也。ありがとう。生まれてきてくれてよかった」

母が歯を見せて笑った。

「お、お袋！」

私は無意識に呼びかけていた。

祭壇が、遺影が、花が、棺が、鳩が天使が、輝く粒子に分解されて渦を巻く。感じるはずのない温かさを頬に感じた瞬間、何もかもが消え失せた。音楽も聞こえなくなった。

静かで何もない和室の真ん中で、私たちは畳に座り込んでいた。

長い沈黙の後、最初に口を開いたのは柚菜だった。

「……いいお葬式だったね」

と、目元を指先で拭う。

「ああ」

私は深くうなずいた。白い壁を見つめていると、女性のアイコンが控え目なモーションで視界中央やや下に陣取る。

〈今後のご予定を今一度ご確認ください。

・二一〇八年二月十二日午前九時
天祢玲様ご遺体火葬@沖縄葬斎場

・二一〇八年二月十二日午後一時
天祢玲様ご遺骨破砕・冷却・移送

・二一〇八年二月十二日午後五時
天祢玲様ご遺骨納骨@にらいかない愛らんど納骨タワー第七棟一〇二七ブロック

編集／確認〉

「確認」を押した瞬間、力が抜けた。

あらゆる思考と感情が収まるべきところに収まり、整理される。頭の中をシャワーで洗い流したような、さっぱりした気持ちになっている。

〈お疲れ様でした。これをもちまして天祢玲様の葬儀はつつがなく終了いたしました〉

女性のアイコンがこちらに向けて、ちょこんとお辞儀した。

○二

同年八月十五日、午後七時。和室に入って「おみまい」を操作すると、部屋にまばゆいばかりの青い光が差した。

光が消えると、目の前に立派な墓が立っていた。周囲は青々とした芝生で、あちこちに色とりどりの花が咲いている。墓石の正面には「天祢家之墓」と彫られている。初盆の墓参りだ。

墓の表面に点在する青い光を樹理に押させると、そのたびに青いバケツと柄杓が空中に現れた。柄杓を操作してバケツの水を掬ってかけると、墓石は次第にきらきらと輝き始める。

すっかり綺麗になった墓をしばらく眺めてから、私たちはしゃがみ込んだ。眼前の燭台を選択すると線香の束が現れ、煙をたなびかせながら香炉にすとんと突き刺さる。

「はい、お祖母ちゃんにお祈りして」と柚菜。

「何のお祈り？」

「元気でやってますって。お祖母ちゃんも元気でねって」

柚菜はここで顔を綻ばせると、

「はい、お手々の皺と皺を合わせて？」

「しあわせ！」

樹理は手を合わせ、「南ぁ無ぅ」と目を閉じた。

はるか昔から受け継がれている、子供に合掌を促す時の言葉だ。起源は諸説あるらしいが、室町時代の後期、浄土真宗の高僧が布教の一環として編み出したという説が有力だそうだ。昭和・平成時代に流れていた仏具屋のテレビCMのキャッチコピーだ、などという説もよく聞くが、きっと冗談の類だろう。こんなに簡潔で親しみがあって、なおかつありがたい言葉が、商業主義の産物であるはずがない。

神妙な顔で何事か呟いている樹理から目を逸らすと、私は目を閉じた。心の中で母に報告する。

お袋、私たちは元気だよ。病気もしていない。怪我もない。柚菜の仕事も順調だし、樹理も友達と仲良くしている。でも私は困ったことになっている。

『SFストーリーランド』は懸念したとおり、第七話で打ち切りになった。お袋の好きだったブラックユーモアSFだ。一話完結形式なのもお袋好みだろう。だけど同じ趣味の人間は、世間では少数派だったみたいだ。

SFの世界では有名なご意見番、川村太なるネットワーカーに酷評されたのも痛手だった。

〈こんなのSFじゃない！〉

〈愛なき似非マニアはSF界から去れ！〉

彼の評価はSF界じゃ絶対で、一言でも否定されたら愛好家はみんな見向きもしなくなる。そう知ったのは最近のことだ。私のリサーチ不足を笑ってくれ、お袋。

今はその川村を監修者に迎えて、同期のディレクターが新たなSF番組を作っている。『戦えドムドムのじょしこーせー』ってタイトルで、SF愛のある女子高生のヒロインが行く先々のファストフード店で、SF愛のない大人をSF知識でやりこめるって内容だ。これが大評判でね。

「知らなかったら勉強不足、知っててそれなら恥知らず！」

このヒロインの決め台詞も流行しているんだ。月光映像企画最大のヒット作になる日もそう遠くない。主演のアイドルも一気に知名度を上げて、『スター・ウォーズ』シリーズの記念すべき百作目の映画に出演することが、ほぼ決まっているそうだ。川村太も作品の出来栄えにご満悦で、先日〈いい時代になった〉〈本当のSFが世間に認められるなんて感無量だ〉とコメントを発信した。同期も今じゃ月光の救世主様で、社内では下にも置かぬ扱いをされている。

一方で私は完全な邪魔者だ。仕事は何も任されていない。今日だって何もすることがなかった。上からはそれとなく退職を勧められている。

どうしたらいいんだろうな、お袋――

「長いなあ」

樹理の呆れた声がして私は我に返った。頬を膨らませて、「大人はそんなにお祈りすることがあるの？　それボンノウじゃない？」と突っかかる。

「おっ、難しい言葉知ってるんだな」

私は笑って話を逸らし、勢いよく立ち上がった。柚菜が心配そうにこちらを見つめていることに気付いたが、視線を交わす勇気は出なかった。

部屋を元に戻して風呂を掃除し、湯を沸かして柚菜と樹理を先に入れる。浴室から響く水音と談笑を聞きながら、私はソファでぼんやりしていた。今日は朝からずっとここでこうしている。娘の送り迎えはどちらも私がした。昨日も一昨日もそうだった。明日はどうなるだろう。

暗く鬱々とした夢想に沈んでいると、視界の右隅が光った。

〈多田敏伸様よりシェアスペースのリクエストが届いています〉

《編集室》に切り替わるなり多田が立ち上がった。

「お疲れ様です」

「いいよ、座って話そう。どうした？」

椅子を勧めると彼はぎこちなく腰を下ろした。思い詰めた表情で、

「カズさん、辞めるって本当ですか。制作部長から聞きましたよ」

「はは、外堀から埋められてるんだな」

私は思わず笑ってしまったが、多田は笑わなかった。私の身を案じてくれているのが分かったが、嬉(うれ)しさよりも申し訳ない気持ちになっていた。

「次の手はあるんですか」

「仕事なら探してるよ」

「そうじゃなくて企画ですよ。起死回生の一打になる入魂の企画です」

「あるわけないだろ。そんなの」また笑いそうになるのを何とか堪(こら)えて、私は一気に言った。「そりゃドラマ化したい小説や漫画は山ほどあるさ。でもそんなもの何になる？　企画書にまとめてどうする？　私にはドラマを作る能力がないんだ。閲覧数がそれを証明してる。『世にも奇妙な物語』リバイバル配信の方がはるかにマシな数字を叩(たた)き出したくらいだ。あんな大昔の、とっくに滅びたテレビなんてメディアの番組がさ」

「物珍しさもあったんじゃないですか、今じゃ滅多に見られない、デバイスすらない

時代の資料映像として」

「それはいいんだ、大事なのは――」

自分で軌道修正して後悔する。こんな話などしたくもないがもう手遅れだ。私は言いたくないこと、決して認めたくないことを口にした。

「私はもうドラマを撮れないってことさ」

「撮らなきゃいいじゃないですか」

あっさりと多田は答えた。

「カズさん、学生の頃はドキュメンタリー撮ってたんですよね。それで幾つか賞獲って、映像の世界に飛び込んだ。ドラマを手がけるようになったのはその後だったはずです」

「そ、そうだったな」

私は呆気に取られながら答えた。確かにそのとおりだ。若さゆえの無鉄砲さもあって、様々な境遇の人に喰らい付き、長期にわたって取材し作品にまとめた。多田の言うとおり賞も獲った。それなりに権威のある著名な賞だ。

だが人間を取材すること、良くも悪くも撮影をコントロールできないことに困難を感じ、月光に入社して二年ほど経った頃には、私はカメラを持つことを止めた。そして今の今まですっかり忘れていた。

「……初心に返れってことか」

訊ねると、多田はようやく表情を崩した。

「親戚に、取材し甲斐のある人がいるんです。大阪に住む七十歳の男性で、全身が癌に冒されています。おそらく来年まで持たないでしょう」

「おいおい、まさか死期を撮れっていうんじゃないだろうな」

難病ものか。あるいは老いと死に関するものか。どちらにせよ陳腐だ。よほど斬新な切り口がないと企画は通らない。

「いいえ」多田はかぶりを振って、「その人、死んだらちゃんとした葬儀をやれって言ってるんですよ。伝統的な葬儀で送り出せと」と、再び真剣な口調で言った。

「へ？」

意味が分からなかった。

「あのさ、葬儀なら私が二月にやったばかりだろ？　多田だって本社に参列してくれたじゃないか。記録が残ってる。あれが昔からのやり方だよ」

「その老人が言っているのは、つまりこういうことです――シェアスペースが普及する以前の葬儀で送ってほしい」

「普及する以前？」

私は頭の中で想像を巡らせて、

「ほとんど一緒じゃないのか。場所が一箇所限定で、モノが全部実物になるってだけだ。強いて違いを挙げるなら、金も人手も何倍もかかること。あとスケジュールを組むのが困難になること。あ、もちろん天使はいない」

子供でも分かることばかりだ。それ以外に違いなどあるはずがない。

多田がどこか誇らしげに姿勢を正した。

「ではお尋ねしますが、ご遺体や棺（ひつぎ）はどうやって運び込むんですか？　祭壇は？　カズさんのご自宅で執り行うと仮定しましょう」

「そんなもの――あっ」

私は言葉を失った。

このマンションのエレベーターは狭い。六人乗れば鮨詰（すしづ）めだ。棺が入るわけがない。階段も狭く、踊り場で方向転換するのはおそらく不可能だろう。となると棺はバラして運び入れなければならない。遺体は別の入れ物、例えば寝袋のようなものに入れた方が運びやすいだろう。

そうだ。たしかエレベーターにはストレッチャーで病人や怪我人を運べるように、奥の壁を開くことができるのではなかったか。つまり緊急時には「より広く」なる。だから遺体も運べなくはないはず……いや待て、肝心なことを忘れていた。そもそもこれらのことを――

「誰がやるんだ？」

私は思わず声に出していた。

遺体を扱う業者、俗に言う「バラし屋」はいる。遺体を病院から運び出し、斎場で火葬して遺灰を納骨堂に収めることを生業にする人々だ。彼らに頼めばやってもらえるのだろうか。かつては葬儀の準備も彼らの仕事だったのだろうか。

読経は誰がするのだろう。遺影を光らせ、喋らせるにはどんな技術を使っていたのだろう。何も分からない。というより知らない。知ろうとしたこともなかった。

「軽く調べたんですけど、昔は葬儀会場ってのがあったらしいですよ。葬儀会社なんてのも」

多田が耳慣れない単語を二つ口にした。私は途方に暮れて彼を見返す。頭の中には次々と疑問が湧いていた。伝統的な葬儀とは何だ。多田の親戚だという老人は、いったいどんな葬儀を求めているのだ。そしてなぜそんな無理難題を。

気付けば壁に寄り掛かっていた。腕を組んで天井を見上げている自分に気付いた。頭の中では凄まじい速度で思考が進み、胸の中では好奇心が膨張し続けている。

「多田、とりあえずそのご老人か、ご親族に連絡取ろう。今すぐ」

「はい」

溌剌とした声で多田が言った。

○三

「どう訊いても『昔のちゃんとした葬式がええ』言うんですわ。それか『伝統的な葬儀』『本物の葬式』。金は自分の貯金から出す、いくらかかっても構わん、と」

向かいのソファで、鈴鹿春介は顎を撫でた。マンションの管理会社に勤める、三十八歳の小柄な男性。野暮ったい眼鏡には時折青い光が瞬いている。旧世代のデバイスグラスだ。服もどこにでも売っている安物らしい。

「昔話みたいですよね。ほら、お殿様が無理難題言うてみんな困る、みたいな」

隣の鈴鹿絵琉は自棄気味の明るい口調で言った。大柄で髪の長い、三十二歳の女性。こちらも服装は質素で、装飾品は結婚指輪しか着けていない。

シェアスペース《応接間》。

九月二十二日。大阪府豊中市の戸建ての一室と、都内の我が家の和室を同期させ、私は件の老人・鈴鹿洋二郎の息子夫婦を撮影していた。

視界の下部に赤い丸が浮かんでいる。録画中であることを示すサインだ。赤丸の右側には記録時間を示すタイムコード。映像データは今のところ、問題なく本社のサーバに転送されている。

春介にメッセージで連絡したところ、逆に協力を依頼された。取材は自由にしてもらって構わない、父もメディアで大々的に扱ってほしいと言っている。その代わり『伝統的な葬儀』の調査に協力していただきたい――私は快諾して企画書を作成し、会議に提出した。

すぐにGOサインが出た。

企画内容が評価されたからではない。外部委託していたフリーのディレクターが音信不通になり、レギュラー放送のドキュメンタリー番組に穴が開きそうだったからだ。それでも私は嬉しかった。これは好機だ。偶然が味方してくれていると思った。それが半月前のことだ。

豊中市内の総合病院に入院中の洋二郎は体調が優れないそうで、私は親族に当たるところから始めていた。撮影班は私を含め四人。部下三人には識者への取材を進めてもらっている。

「まだ七十ですよ」

春介が言った。困惑と悲しみを素直に顔に出している。

「市の健康診断で癌が見つかったんです。入院していろんな治療をしてもろたんですが、手の施しようがなくて……」

独り言のように続ける。撮影が始まって一時間。この話は既に三度目だ。それだけショックなのだろう。表向きは冷静に振る舞っているが、内心では混乱がまるで治まっていない。

「そこへ来て急にあのお達しですから、もう頭ぐっちゃぐちゃですよ」

絵琉がハハハ、と笑った。春介に睨まれて縮こまる。

目の前の二人は、医師や「おみまい」の運営会社、バラし屋にまで問い合わせたらしい。その結果、いくつか分かったことがある。

多田が言っていたとおり、かつては葬儀会社なる専門の企業が、葬儀を段取りしていたという。プランの提案、会場の設営、遺体の移送、花の手配、その他すべて。また、葬儀は主に葬儀会場で行われていたらしい。

もちろん今はどちらも存在しない。二十一世紀の半ば、今の葬儀が一般化してから、あっという間に無くなってしまったそうだ。「滅びた」と表現するのは演出過剰だろうか。

「『おみまい』の人らは親切に調べてくれてはります。正確な情報は近いうちに手に入るそうです」

「場所の問題も何とかなりそうです」

絵琉が引き継ぐ。「中央公民館に相談したら、可能な限り対応してくれはることになりました。前例はないけど市民を助けるのは市営施設の義務やからって。あと文化的に意義のあることですから、とも言うてはりました」

「ってことは、順調ではあるんですかね」

「ご冗談を」春介は腕を組むと、「変な言い方やけど締め切りがありますでしょ。間に合わんかったら意味がない。協力してくれはる人らには感謝してますが、本音を言うたら〝近いうちに〟なんて気構えでは困る。〝一刻も早く〟でないと。でも無理なお願いしてるんはこっちですから、強くは出られません」

「中央公民館にも、今の段階で何月何日に使わせてくださいとは頼めません。いつ亡くなるかなんて分かりませんもん。分かるんもそれはそれで嫌やし……」

「ううむ」

私はうなった。まだ情報収集と場所の確保をしているだけなのに、シェアスペースを使わないだけで、葬儀がこれほど煩雑になるとは想像もしていなかった。

「ほんまに何でこんな注文しよってん。シェアスペースと『おみまい』でええやんけ」

春介は荒い口調で言うと、ソファに身体を沈めた。「申し訳ないですね、愚痴ってもうて」と力なく詫びる。

「とんでもない」と私は真顔で答えたが、内心では喜んでいた。飾らない言動を記録できたからだ。後ろ向きな発言こそリアルだなどと幼稚なことは考えていないが、今の春介の言葉は本音だろう。それに視聴者が最初に抱く疑問そのものでもある。

「どうしてなんでしょうね」

露骨に水を向けると、夫婦は同時に首をかしげた。

「見当も付きません」

絵琉が肩を竦め、わざとらしく目をくるくる回してみせる。

「親父は真面目で仕事熱心でした。しかも優しい。僕が一人息子やったからかもしれんけど、よう遊んでもらいましたよ。中学ん時に母親が事故で亡くなったんですけど、そっからは家事もほとんどやってました。主観的にも客観的にも立派な父親です」

「いつもニコニコしててね。聖人君子ってお義父さんみたいな人のこと言うんやろね」

「せやから何でこんなことに、って思いはあります。正直な話、精神や脳の状態を疑ったこともありました」

春介は私をまっすぐ見つめて、

「でも、何としても叶えたらなあかんとも思ってます」

と言った。

私はようやく気付いた。

死者から文句を言われることは絶対にない。だから洋二郎の希望など聞いている振りだけして、死後シェアスペースで葬儀をしても一向に構わないわけだ。しかし春介も絵琉も、そうはするまいと心に誓っている。取材を快諾したのはそのためでもあるのだろう。第三者、それもメディア関係者である私たちに父親の意向を知らせ、記録させることで、言わば退路を断っているのだ。

二人の決意と洋二郎への愛情に、私は心打たれていた。ぜひとも「ちゃんとした葬儀」を執り行ってもらいたい。そのためには協力を惜しまない。

自分のために企画した撮影だが、本心からそう思った。被写体に肩入れすることは禁物だと理性を働かせながら、私は取材撮影を続けた。

鈴鹿洋二郎。二〇三八年五月十七日、滋賀県大津市生まれ。

十八歳で親元を離れ大阪府へ転居。近畿大学を卒業後、大手ゼネコンに入社する。二〇六七年に同期である浅野萌実と結婚し、豊中市に転居。以来、入院するまで同地に住み続ける。自治体の集まりにも積極的に参加していたという。

趣味は散歩と音楽鑑賞。特定のジャンルやミュージシャンに深入りしているわけではなく、家や職場でラジオを聴くことがよくある、という程度。これといった特技はなし。

服装は質素だがセンスがよく、絵琉が言うには「わりとオシャレさん」とのこと。実際、受け取った画像の彼は息子夫婦よりずっとスタイリッシュだった。一方で顔立ちに特徴はなく中肉中背。組織や集団の中では目立つ方ではなかったそうだ。

好物は甘いもの全般、特に大阪府内にしか出店していない「三代目りくろーおじさんの店」のチーズケーキに目がない。嫌いなものは昆布茶で、あの味を「お茶」と認識できず、脳が不具合を起こしたような感覚に襲われるらしい。こうした瑣末な情報が春介と絵琉からスラスラ出てくること自体、親子関係が良好であることの証拠だ。

勤め先での評判も上々で、悪い噂の一つも聞こえてこない。かつての部下だった重役は、

「控えめなあまり要領が悪い、と言えなくもないですね。出世コースから外れてましたから」

と口振りこそ冷たく言い放っていたが、その陰険そうな細い目は敬意に満ちていた。

「所謂いい人」であることを欠点に挙げる者もいるにはいた。同期や後輩の女性たちだ。身も蓋もなく言い換えれば「善良だが性的な魅力に欠ける」ということだろう。特に意外ではない。

萌実との仲も良好だったようだ。春介から受け取った大量の家族写真とホームムービーを見る限り、萌実は常に幸福そうな笑みを浮かべている。

〈洋さんだいすき〉

彼女が出先で交通事故に遭った時、夫に送った最後のメッセージだ。病院ですぐに死亡が確認され、三日後に葬儀が行われた。シェアスペースを使った、ごくありふれ

たものだったという。

洋二郎は酷く悲しんでいたが、春介の前で取り乱すようなことはなかった。葬儀そのものについて気になることを言っていた――などということもないらしい。

「見つからんなあ」

自宅で昼食を摂りながら私はひとりごちた。洋二郎が「ちゃんとした葬儀」を希望する動機は、今のところ浮かんでこない。画像と映像を視界へランダムに展開し、俯瞰して全体を眺めながら大まかな構成を考える。やはり動機を把握しないことには、番組の軸が定まらない。

しかし洋二郎との面会は叶わないままだった。病状は悪化する一方で、病院側が面会を謝絶しているのだ。今なおシェアスペースを許可する病院はなく、個々人のデバイスでのやり取りすら制限されている。病院の聖域化、と言ったらいいのだろうか。医療の現場にこそ必要なテクノロジーが、医師たちの馬鹿げた価値観のせいで行き渡っていない。

これはこれで取材する意義があるなと考えていると、春介からメッセージが届いた。

〈「おみまい」より約百年前の葬儀の、ほぼ完全な資料が届きました。ザッと読んだ限り、手間さえかければ再現は可能です。間に合ってホッとしています〉

「よっしゃ」

私は両手でガッツポーズした。米粒がテーブルに飛び散って慌ててティッシュで拭き集める。

話が一気に進展したのだ。次に撮るべきは再現のプロセスだ。計画しながら春介にねぎらいの言葉を送り、次の取材日を決める。そして部下たちに報告する。うち二人から喜びの返信が来た。

大学教授を取材している、橋爪美羽からの返信だけがいつまで経っても来なかった。まだ二十代だが誰よりもまめまめしく、普段は誰よりも早くレスポンスするのに。並行して別の班で進めている、計画出産とそれに関する法改正がテーマのドキュメンタリーが難航しているのだろうか。そういえば彼女は「取材は足で」などと時代錯誤なことをたまに言っている。もしや直接関係者に会いに行って、トラブルにでも巻き込まれたのだろうか。

外が暗くなり、いよいよ心配になって再度メッセージを送ろうとしていると、ドアホンが鳴った。視界左隅にマンションのホールの映像が映し出される。傍らには鍵のマーク。

橋爪が思い詰めた表情で、こちらを覗き込んでいた。大きなトートバッグを抱えている。私はすぐさま鍵のマークをクリックし、一階玄関のロックを解除した。

「ヤバいですよ、カズさん」

家に入ってくるなり、彼女はバッグの中身をテーブルにぶちまけた。紙の書籍と紙の書類が天板に積もる。

「どうしたんだよ」

「まずそのおジイちゃんに直接訊かないと、一歩も進めません。具体的にどんな葬儀がしたいのかを正確に、誤解のないように」

「何言ってるんだ、伝統的な葬儀はシェアスペース以前の――」

「それに変遷があるんですって」

橋爪はテーブルから紙束を掴み上げ、「葬儀会社とか葬儀会場が出てきたのって、高度経済成長期ですよ。たかだか百五十年前の話です」

「え？」

「それより前は基本的にお寺が仕切っていたそうです。檀家制度っていって、もともとは江戸幕府が民衆を管理するため、全国のお寺に委託したことが始まりです。今で言うお役所の戸籍管理ですね」

「お、お寺？」

「今でも仏式葬儀はお経を流すじゃないですか。あれはその名残です。お坊さんを呼んでお経を読んでもらったり、ありがたいお話を聞かせてもらったりしたそうですよ。今よりずっと宗教的な意味合いが強かったみたいです」

知らなかった。どれ一つとして聞いたこともない。

橋爪は積もった書籍の山から何冊か拾い上げると、

「神式葬儀は神式葬儀でまた色々あるんですけど——そうだ、あと火葬。これも一般的になるのは明治時代からです。それまでは土葬が多かったんですって。今じゃ不可能ですね。埋めていい場所なんかどこにもないし、納骨堂にも入れられない」

「そうだな、うん」

「あと当時の葬儀は自宅でやることがほとんどで、しかも葬列がメインだったそうですよ」

「どういうこと？」

私は反射的に訊いた。もはや何を言っているのかまったく分からない。

「ああ」

苛立（いらだ）たしげにボブヘアを掻（か）き回して、彼女は一気に言った。

「大名行列ってありますよね？　あれみたいに家からお墓へ、遺族とお坊さんと参列者がズラーッと列になって遺体を運ぶんですよ。それが儀式の中心なんです。ほら」

目の前に突き出された書籍には、彼女が今言ったとおりの写真が載っていた。ひどく不鮮明だが何が写っているのかは分かる。

畦道（あぜみち）を歩く長い列。百人は下らない。法被のような服を着て編み笠（がさ）を被（かぶ）っている。

提灯を持つ者、長い御幣のようなものを持つ者、僧侶たち。そして桶を担いでいる者。

「……そうか、桶の中に遺体が入ってるんだな」

「ええ」橋爪はうなずいた。「で、時代を遡ると祭壇は質素になっていくし、地方によってバラつきも出てきます。今お伝えしたのは物凄く大まかな話です。ずっと続いてる葬儀なんてないし、絶対的に正しい葬儀なんてのもない。だからおジイちゃんに確認取らなきゃ」

私は無意識に頭を抱えていた。重要な儀礼だとは充分に認識していたが、あんな単純明快な葬儀に、これほどの変遷やバリエーションがあったなどとは想像だにしていなかった。

また少し禿げたな、と指先で寂しい頭を感じながら、私は大急ぎで春介にメッセージを送った。

○四

十一月二十三日。《応接間》の中央に大きなベッドがあった。その上にゴーグルを着けた老人が仰向けで寝ている。画像より痩せ、皺が増えてはいるが、鈴鹿洋二郎その人だ。

なんとか復調し、帰宅を許された彼に、私は取材を試みていた。隣には橋爪がトートバッグを抱え、緊張の面持ちで洋二郎を見下ろしている。
ベッドの傍らには春介と絵琉が心配そうに立っていた。二人の間で色黒の少年が、ベッドのフレームに手をかけて洋二郎を覗き込んでいる。五歳になる息子、勝平（かっぺい）だ。久々に帰ってきた祖父と離れたくないらしい。

「鈴鹿洋二郎さん」

　呼びかけると、老人の口が笑みを形作った。

「はいはい、なんでしょう」

掠（かす）れてはいるが、意外なほど明瞭（めいりょう）な声だった。

「ご所望の葬儀とは、正確にはどのようなものですか？」

「そりゃ、ちゃんとしたやつですわ」洋二郎は震える指でゴーグルを突（つっ）くと、「こんなもんを使わんと直接ご対面する、古きよき葬式です」

声だけ聞けば病魔に冒されていると分かるまい。そう考えてしまうほど飄々（ひょうひょう）とした軽やかな口調だった。その一方で言葉の端々から、切実さと焦りが滲（にじ）み出ていた。筋張った手の甲には大小の染みが幾つも浮かんでいる。

「それなんですが、実はご相談がございまして……」

橋爪がバッグからフリップを取り出した。「見えますか？」と洋二郎に確認しながら、葬儀の変遷について説明する。

洋二郎は黙って耳を傾けていた。ゴーグルの奥でせわしなく目を動かしている。真剣に聞いているのだ。絵琉が吸い飲みで彼の口を潤した。

「……なるほど、こら私が不勉強でしたな」

説明が終わってしばらくすると、彼は力なくつぶやいた。

「六十年以上前……子供の頃に何回か、大昔のニュース番組がネットに上がってるのを見たんですわ。二十世紀末の映像とか言うてたな。庶民の、仏式の葬儀でした。あとは芸能人か何かのも観ましたわ。イツミなんとかさんって名前の、眼鏡の男性」

唇を舐めると、

「立派や思いましたわ。あれが本来の、昔からのやり方やって、何の疑いもなく信じてもうた」

徐々に顔が歪む。ゴーグルの奥の目が潤んでいる。

「何も知らんくせに、偉そうに注文してもうてた。危なかったわ……」

「お祖父ちゃん」

呼びかけたのは勝平だった。

「お腹痛いん？　せやから泣いてんの？」

「ちゃうちゃう」洋二郎が泣き笑いの顔で言った。すぐに咳き込み、息子夫婦に介抱される。

〈行けますね〉

隣にいる橋爪からメッセージが届いた。無言で目を合わせ、うなずき合う。二十世紀末なら百十年前かそこらだ。洋二郎が見た葬儀を、「おみまい」の資料で再現することは可能だ。

回り道をしてしまったが、これで道筋がはっきりと見えた。

「助かったよ、親父」

春介がホッとした顔で言った。

そこからは資料をもとに、洋二郎の体力が許す限り葬儀の内容を話し合い、詰めていった。勝平が時折まったく関係のないことを言ったり、祖父に甘えたりしたが、そのたびに場がいい具合に和み、空気が弛んだ。裏を返せば、勝平がいなければずっと張り詰めたままだったということだ。時間があまり残されていないこと、急がなければならないことを、誰もが肌で感じていた。

〈動機を聞きましょうか？　必要ですよね？〉

取材が始まって二時間ほど経った頃。橋爪がそう問いかけたが、私は小さく首を振った。目の前で息子夫妻と真剣に語り合う洋二郎は、顔を合わせた時より明らかに衰弱していた。

鈴鹿洋二郎が亡くなったのは、それから一週間後のことだった。

取材後に体調を崩し、再入院した翌日に意識不明になった。そして二度と目覚めることなく旅立った。報告をくれたのは、取材で息子家族に張り付いていた橋爪だ。

〈もらい泣きしてしまいました。涙で映像が不鮮明かもしれません〉

届いた映像ファイルには、自宅の居間で悲嘆に暮れる息子家族が映っていた。

翌々日、月光映像企画本社ビルに葉書が届いた。滅多に目にすることのない、紙による伝達手段。普段は私など存在しないかのように振る舞う社内の人間たちも、好奇心には勝てないらしく私のデスクの周りに集まった。

葉書にはこう書かれていた。

〈父 洋二郎儀　病気療養中でございましたが、去る十一月三十日に永眠いたしました。ここに生前のご厚誼を感謝し謹んでご通知申し上げます。

なお　葬儀告別式は左記のとおり執り行います。

一、日時　通夜式　十二月七日　午後九時から

　　　　　葬儀告別式　十二月八日　午前十一時から

一、式場　豊中市中央公民館………〉

「つーや？」

「『つや』と読むそうだ」

録画しながら私は答えた。百年前の人々が「葬儀告別式」の前夜に行っていた、言わばプレ葬儀とでも呼ぶべき習俗。元々は親族が夜通し、死者の思い出話をするための場だったらしい。名称はここから来ている。

「葬儀告別式ってのが正式な名前なんですか？」

通りすがりの後輩が気を利かせて質問する。私は身振りで感謝を示して、「葬儀」と「告別式」が別モノであること、そして同時に行う理由を説明する。資料を読み込んで頭に入れていたはずだが、いざ人に伝えるとなると上手くいかない。自信もなくなってしまう。番組では図解して説明しよう、と頭の隅で決意した。

「天祢くん、香典はどうするの？」

制作部長までもが興味深げに輪に加わった。「シェアスペースはNG、通知も『おみまい』経由じゃなくて紙。ってことは、ひょっとして現金？」

うわあ面倒くせえ、と周囲から声が上がる。今時現金を使う人間などいない。扱っている銀行支店もごくわずかだ。

「そこを再現すると煩雑なので、息子さんと相談して、こうすることにしました。葉書の隅っこにもちっちゃく書いてますけど、実演してみますね」

私はデスクに真新しい電子マネーカードを出した。白黒のシンプルなデザインで、一万円チャージされている。おお、だよなと皆がうなずくのを聞きながら、続けて封筒を置く。白黒の水引が付いた白いもので、中央に「御香典」と書かれている。

「それに入れるのね」

「ええ、でもその前にやらなきゃいけないことがあります」

カードをつまみ上げると、私は手元にあったカッターナイフで、表面を軽く切った。細く白い筋が斜めに幾本も並ぶ。周囲が瞬時にどよめいた。

「これはですね」私は声を張った。「香典に新しいお札は禁物だからです。銀行で用意してもらわないと手に入りづらい。つまり前々から準備しないといけない。だから逆にご祝儀では必須でした。この日をずっと楽しみにしていました、って意思表示になる」

ほーう、と感心する声が私を包む。

「それでカードを傷付けて、見た目を〝古く〟したのね」

「はい。古いお札は、準備する時間なんかなかった、こんな日が来るなんて思いもしなかったって意味になります。亡くなるなんて信じられない、嫌です、だから——」

不意に言葉に詰まった。胸が苦しい。大昔の香典について説明していただけなのに、悲しみがこみ上げている。脳裏をよぎるのは鈴鹿洋二郎の笑顔。

何とか言葉を捻り出そうとしていると、

「お悔やみ申し上げます、ってことね」

制作部長が簡潔にまとめた。

誰も何も言わなかった。揃って神妙な顔をして、傷付いたカードを見つめていた。


十二月七日。午後八時。

阪急電鉄曽根駅で降り、改札を出てすぐ、私は「おお」と声を上げた。

バスロータリーの一角、商店街のアーチの両側、雑居ビルの上――あちこちに巨大な液晶パネルが設置されていた。

〈鈴鹿洋二郎　十二月七日通夜・八日葬儀告別式式場☞〉

テキストの隣では洋二郎の写真が、こちらに控えめな笑みを向けていた。私はまずパネルのある町並みを、続けて看板一枚一枚を撮影した。

まだデバイスコンタクトレンズでルート案内をするシステムがなかった時代、人が死ぬと、電信柱に紙の案内を貼り付けて葬儀会場まで誘導していたそうだ。しかしここ百年で送電線のほとんどは地下に配置されるようになり、電信柱はどこにも残っていない。つまりパネルの設置は妥協案だ。それでも効果は目覚ましく、道行く人々はみな興味深げに看板を見ていた。

「あれや、あれ。噂になってたやつや」

「ほんまや」

近くを歩く二人の中年女性がパネルを指差した。一人は茶色い髪の痩せた女性、もう一人は黒髪のショートカットで、顎に黒子がある。茶色い髪の女性が「意味あらへん」「何考えてんのやろ」と、小馬鹿にするような口調で言い、黒子の女性が眉根を寄せてうなずく。

葬儀の準備を始めると、近隣の視線は冷ややかなものに変わった。春介や絵琉もそう零していたし、私も取材を通じて実感していた。部下たちが潜入取材で撮影した映像には、ご近所や関係者の明け透けな罵倒、嘲笑が記録されている。液晶パネルを置くにあたって、バス会社や商店街、ビルの管理会社からは難色を示された。勝平も幼稚園で疎外されていると聞く。

息子家族は完全に異分子になっていた。不可解で非効率的な儀式を行う、怪しい一家とみなされるようになっていた。

視線を感じて私は振り返った。先の女性二人が好奇の視線を私に向けている。喪服を着ているせいだ。怪しげな儀式に参加する、怪しげな人間が気になっているのだ。

黒いネクタイを締め直し、私はパネルの矢印が示す方へ歩き出した。

駅から徒歩三分。中央公民館の正門は既に閉まっていたが、立て掛けられていた看板には〈鈴鹿洋二郎の通夜ご参列の方は裏口へお回りください。喪主・鈴鹿春介〉と案内が書かれていた。

館内に入り、壁に貼られた矢印に沿って歩く。電灯は半分近く消されていて廊下は薄暗い。おまけに人の気配がしない。ガランとした館内に私の足音だけが響いている。

通夜という作法を知った職員はそれまでの態度を一変させ、「夜間の貸し出しは許可できない」と春介に告げた。交渉の末に了承はしてくれたものの、人員まで貸す気はないらしい。

式場は一階の一番奥にあった。出入り口の側、廊下に沿って長テーブルが置かれている。その上には和綴じの帳面と筆ペンが並んでいた。「芳名帳」だ。弔問客はここに住所氏名を記入するのだ。一覧を作成するためだが、個人情報をこんな形で外に漏らすのは危険極まりない。

〈すみません、席を外していました〉

振り返ると喪服姿の橋爪が立っていた。珍しく化粧をしている。驚いていると、彼女はテーブルを挟んで対面に回り込み、こちらに芳名帳を差し出した。

ドアの向こう側、式場には既に悲しみに満ちた沈黙が立ち込めている。肌でそう感じてしまう。微かだが啜り泣きが聞こえたような気もする。声を出すのが何となく躊躇われて、私は目の前の橋爪にメッセージを送った。

〈何でお前が〉

〈人が足りないからです。誰も手伝ってくれない〉

〈そうか……これ、書かなきゃいけないのか〉

〈香典帳も兼ねていますから。それに〉

橋爪は芳名帳を開いた。瞬間、〈撮影禁止〉の真っ赤な文字が視界中央に大きく浮かぶ。デバイスにテロップを強制表示させる、特殊なチップが帳面のどこかに埋め込まれているのだ。表示させない方法がないわけではないが、何もしないよりはずっと安全だろう。私は録画を止めた。

視界の端に自分のプロフィールを表示し、それに倣って縦書きで記入する。酷い字だ。それにやたらと時間がかかる。何とか書き終えて顔を上げると、橋爪が両手を差し出していた。私は首をかしげてしまう。

式場に入る前に握手する、そんな作法があっただろうか。記憶にない。あるいは通夜に限ってはあるのだろうか。思い出せない。そうだった気もする。いや、きっとそうに違いない。

差し出された手を両手で握った瞬間、

〈香典を渡してください、って意味です〉

橋爪が冷たい顔でそっと手を離した。

式場は五十平米ほどの会議室だった。もちろん弔問客はまだ誰も来ていない。周囲に鯨幕が張られ、パイプ椅子が並んでいる。

奥の祭壇は白木を削ったもので、向かって右側に風神、左側に雷神が彫られていた。威厳のある面構え。今にも動き出しそうな筋肉質の手足。風と雷をデザイン化した模様が、あちこちにあしらわれている。足元には無数の花が飾られている。

神々は協力して一台のビューワーを捧げ持っていた。遺影だ。駅前のパネルに使われていたものと同じ、洋二郎の画像が表示されている。

棺には白い布が掛けられ、手前の台には香炉が載っていた。

景色としては見慣れている。通夜と葬儀告別式に、見た目の上で大きな差はないらしい。だが今回はすべて実物だ。白黒の鯨幕も、木製の祭壇も、白と紫の花も、遺影も棺も香炉も、シェアスペースがデバイスレンズに映し出す虚像ではない。カーテン製造工場、宮大工など、専門家たちに頼み込んで作ってもらった、世界に一つしかない品ばかりだ。

部下が撮った映像で、私はその製造過程をいくつか目にしていた。春介は気の荒そうな工場長に、絵琉は無愛想な宮大工に掛け合った。最初は嫌がっていた彼らだったが、夫妻そして部下の切実さに心打たれて最終的には快諾し、持てる知識と技術すべてを奮って注文の品を作り上げた。短い期間で、一切手を抜くことなく。

いち個人を見送る場を作るために、既にそれだけの人が尽力したのだ。この式場自体が人々の思いの結晶なのだ。

胸が熱くなるのを感じながら私は録画を再開し、正面右手に目を向けた。

春介が虚脱した顔で、パイプ椅子に身体を沈めていた。唇まで青ざめている。

隣では絵琉が両手に顔を埋めている。ひくひくと肩を震わせ、洟を啜る。

勝平だけが落ち着いた様子で、ちょこんと椅子に座っていた。

「鈴鹿さん、このたびはお悔やみ申し上げます」

小声で呼びかけたが返事はない。二人ともこちらに気付いていないのか、まったく反応しなかった。

「このたびはお悔やみ——」

「ああっ」

春介が椅子の上で飛び上がった。途端に息を切らす。ぜいぜいと呼吸をしながら、狼狽した表情でこちらを見つめ返す。

突然のことに戸惑っていると、勝平が「どうしたのパパ?」とニヤニヤしながら訊ねた。絵琉が指の間から充血した目を覗かせている。

「……天祢さん」

唇を震わせて春介は言った。

「どうされましたか」

「た、大変です」

泳ぐ視線で棺を示す。

何かあったのだろうか。棺に、いや——遺体に。

私は棺に向かうと、小窓開閉ボタンを探した。そんなものは存在しないとすぐ思い出し、小窓の取っ手に指を掛ける。いつの間にか勝平が反対側に立っていた。

「お父さん、どうしたんだろうね」

「さあ」

首をかしげる彼を横目に、私はそっと小窓を開いた。

黒ずんで萎びた顔があった。

限界まで見開かれた目が私を見つめていた。

鼻の穴から流れ出た血が唇と、剝き出しになった歯と顎を濡らしている。血の臭い。

そして嗅いだことのない、ねっとりした異臭。

遺体の顔に洋二郎の面影を見て取った瞬間、

「ぎゃああ！」

私は悲鳴を上げて飛び退った。パイプ椅子に激しく尻をぶつけ、そのまま仰向けに転んでしまう。ガシャガシャと派手な音が式場に響いた。

「ハハハハ！」

続いて響いたのは勝平の笑い声だった。

「お、おっちゃんは叫ぶんや、ハハハ」と身を捩り、腹を抱える。

橋爪が出入り口から駆け寄って「大丈夫ですか」と問いかける。

「えええ？　どうなってんのこれ？　何なの？」

間抜けな声が自分のものだと気付くのに、しばらくかかった。目に焼き付いた洋二郎の顔を、何とか振り払おうと努める。あれは何だ。どういうことだ。

シェアスペース葬儀で目にする遺体とは異なっている。少なくとも母の顔はあんな風ではなかった。生きている時とほとんど変わらなかった。

「……そうなるんです」

春介が椅子に座ったまま、絞り出すように言った。

「苦しんで死んだら顔は歪む。死んだら今度は腐敗する。血管が破れて穴という穴から血が垂れてくるし皮膚は変色するし、身体は一旦硬直してまた弛む。知識としては天祢さんも知ってはるでしょう。知らんでも考えたら見当はつくでしょう」

「ええ。でも『おみまい』では」

「ついさっきです。バラし屋さんから遺体が届いて、窓開けて中見てすぐ『おみまい』に問い合わせました。そんで分かりました。シェアスペース葬儀の遺体は、観賞に耐えられるよう補正したものです」

「ええええ！」

「場合によっては遺体やなくて、生前のスキャンデータを使うこともある」

「うそ」と橋爪が立ち上がる。

「しめやかに葬儀を行うために必要な補正です、何卒ご理解のほどお願いします——って言うてましたわ」

「だったら昔はどうやって」

「死化粧師いう専門職があったそうです。海外ではエンバーマーいう人がいはった。やり方は違うみたいですけどね」

春介は俯く妻の肩を抱くと、引きつった笑みを浮かべた。

「資料にも書いてあったけど覚えてません？ ちゃんと明記されてたんですよ。でも必要ないと思って再現せんかったんですわ。こんなことになるとは想像すらしてなかった。天祢さんもそうちゃいますか」

私は座り込んだまま、小さくうなずいた。

ばたん、と音がした。

棺の前で橋爪が俯せになっていた。全身を小刻みに痙攣させている。

勝平が「お姉ちゃんは気絶かあ」と、ニヤニヤしながら走り寄った。

○五

駅前のスーパーで買えるだけのドライアイスと軍手とタオル、ティッシュ、成人用おむつ、消臭剤、マスクを購入し、私たちは遺体の処理に取り掛かった。最も冷静だったのは勝平で、次いで落ち着きを取り戻した絵琉。最も取り乱していたのは私だった。

目覚めた橋爪には「本当に申し訳ない」と何度も謝って、出入り口の外の見張りを任せた。弔問客を足止めする係だ。

「もうしばらくお待ちいただけますか。なにぶん初めてなものでして」

扉の向こうから橋爪の声がするのを聞きながら、私は今更になって納得していた。

なぜ葬儀会場などというものが存在し得たのか。

どうして葬儀に特化した施設が存続し得たのか。

こんなものを扱うからだ。

こんなものが置いてあった場所で会議をする気にはなれない。運動する気にも、コンサートをする気にも。「観賞に耐えられるもの」に加工できたとしても腐敗は免れない。着々と腐っていく人の形をした肉の塊を、快く置かせてくれる施設などあるわけがないのだ。

「公民館の人には内緒にしときましょう。勝平も言ったら駄目よ」

絵瑠がマスク越しに言い、勝平が大きくうなずく。二人のやり取りを見てまた一つ納得する。

私は死体を見たことがなかった。死体がどういうものか分かっていなかった。世の多くの人々もそうだろう。病気だろうと怪我だろうと、病院に連れて行けば後は「おみまい」からの報告待ちだ。死ななければ退院おめでとうと出迎え、死んだらシェアルーム葬儀で見送る。老人ホームに入居させても見舞いに行くのは稀で、基本的に「おみまい」任せだ。

小さい頃からずっとそうだった。それが当たり前だと思っていた。そのくせ「病院の聖域化はけしからん」と賢しらなことを考えていた。自分から足を運ぶことなど検討すらせずに。

遺体の穴という穴にティッシュを詰め、棺にドライアイスを敷き詰め消臭剤を置き、周囲が汚れていないことを入念に確認する。

時刻は十時を回っていた。

「どうなってるんですか」

弔問客の苛立たしげな声が扉越しに聞こえた。

〈まだですか。もう二十人以上お越しです〉

「こんなん寝てられへんね。寝る気にもなれへん」

絵琉が緊張した面持ちで囁く。春介が額の汗を拭って、

「ああ、夜通し親父を見とかなあかん。まさに通夜や」

覚悟を決めた顔で、ゆっくり扉へと歩き出す。勝平が頼もしそうにその背中を見つめていた。

視界に赤丸が表示されていない。遺体の処理をする直前、録画を切っていたのを思い出す。私は心の中で地団駄を踏んだ。

翌日の正午。

私は朦朧としながら、式場の隅で撮影を続けていた。疲労は溜まりに溜まっていたが神経は張り詰めたままで、眠気を感じながら同時に興奮もしている。

朗々と経を読む若い僧侶を寄り引きでじっくり撮る。

彼は朝の七時からここに来て、入念に私たちと打ち合わせをしてくれた。葬儀で経を読んだことなど一度もない――恥じ入りながらそう言っていたが、素人目ならぬ素人耳にも美しく、力強い読経だ。顔にびっしょり汗をかいている様にも誠実さ、真剣さが感じられる。

座っている弔問客たち。

みな神妙な顔をして、風神雷神に挟まれた遺影を見上げている。神々の威厳に圧倒されている、いや、見蕩れているのではないか。そう勘繰ってしまうほど陶酔し切った表情の者も何人かいる。

焼香の列。

前の人間がすることを忠実に再現している。遺影に一礼して合掌、摘み上げた抹香を目の高さに掲げてから、香炉にそっと落とす。これを二度繰り返して遺影に合掌。僧侶に礼をして終了。落ち着きなく辺りを見回す客はいないし、大きな間違いをする客もいない。私たちの説明が上達したせいだろうか。皆が真剣に取り組んでいるせいだろうか。

昨夜はどれだけ懇切丁寧に説明しても、抹香を目に入れて「痛たたた！」と叫ぶ客や、香炉に指を突っ込んで「熱ちちち！」と飛び跳ねる客がいた。どこで聞いたのか線香から立ち上る煙を手で扇ぎ、身体の悪い部分に当てる者もいた。しかも十数人。「それは違います」と止めさせはしたが、どう違うのか、なぜここでしてはいけないのかは分からない。帰ったら調べよう、と頭の隅で計画した。

懸念していた異臭はしない。血が漏れたりもしていない。誰かが異変に気付いた様子もない。深夜、誰も来ない時を見計らって何度も遺体の処理をしたが、上手くいったようだ。

絵琉が言ったとおり眠る気にはなれず、私も夫妻も橋爪も、勝平すらも一睡もせぬまま公民館で夜を明かし、トイレで最低限の身繕いをして葬儀告別式に臨んだ。そして今に至る。

一時はどうなることかと思ったが、今はスムーズに進んでいる。シェアスペース葬儀以上に荘厳で、静謐な雰囲気が醸成されている。先方のミスでまだ式場に届いていないものがあるが、それさえ揃えば完璧だ。

〈芳名帳、予備の三冊目も埋まりそうです〉

橋爪からメッセージが届いた。

〈まだ来てるの？　すごいな〉

私はそう返して式場の出入り口に目を向けた。

大勢の人が壁際に立っていた。喪服の者もいるが大多数は普段着だ。明らかに買い物帰りの、レジ袋を提げた人もいる。巨大なリュックを傍らに置いている男女は、バックパッカーだろうか。焼香の列に並ぶ者もいる。

パネルを見た人、公民館の前を通りかかった人が、気になってやってきたのだ。手持ちの古い電子マネーカードが香典に使えると知ると、みな快く橋爪に差し出した。

野次馬根性で来た人間がほとんどだろう。だが彼らの顔は一様に真剣だった。涙ぐんでいる者さえいた。雰囲気に流されただけかもしれないが、彼ら彼女らの仕草や表情に、そうした軽薄さはうかがえない。

見ず知らずの老人の死を、心の底から悼んでいるように見えた。赤の他人にそうさせるだけの力が、この場に満ちているように思えた。

また新たな弔問客が入ってきて、私は目を瞠った。

黒髪ショートカット、顎の黒子。

昨日、看板を指差していた中年女性二人組の片割れだった。きちんと喪服を着ている。表情は硬く沈痛で、あの時とはまるで違う。

彼女はおずおずと焼香の列に並んだ。ハンカチを鼻に当て、遺影を見つめている。昨日の蔑むような視線ではない。敬意と悲しみを湛えている。

感極まって嗚咽が出そうになり、私は慌てて口元を押さえた。みるみる視界が滲む。中腰で式場を出て、大急ぎでトイレに向かう。

デバイスコンタクトレンズを外し、洗面台で顔を洗って涙を隠しながら、私は沸き上がる感情を抑えつけようと試みた。理性を働かせて自分を俯瞰しようとした。

私は生まれて初めて本物の葬儀に触れ、衝撃を受けているのだ。感動しているのだ。母親をちゃんと見送った気になっていた自分が、今では恥ずかしく思えた。「いいお葬式だったね」と柚菜と言い合ったことが馬鹿らしく感じられた。

　取材して本当によかった。持ちかけてくれた多田に感謝しなければならない。落ち着け、冷静になれと自分に言い聞かせながらコンタクトを装着し、顔をハンカチで拭く。スッキリした気持ちでトイレを出た瞬間、女性と鉢合わせした。

　先の黒子の女性だった。真っ赤な目を伏せ、「すみません」と頭を下げる。

「いえ……あの、ご焼香はされないんですか」

　考える前にそう訊いていた。あれだけ長い列になっていたのだ。こんなに早く彼女が焼香を済ませられるわけがない。

　彼女はぎこちなく微笑むと、「スタッフの方ですか」と訊き返した。

「まあ、手伝いはしています。どうかされましたか」

「あの方、あのお亡くなりになった方ですけど。ええと」

　やはり赤の他人らしい。

「鈴鹿洋二郎さん」

「その方についてちょっとおうかがいしたいんですが」

「ええ、どうぞ」

　彼女はしばらく躊躇っていたが、やがて大きく息を吸うと、

「三代目りくろーおじさんの店のチーズケーキ、お好きでしたか」

　囁き声で訊ねた。

「昆布茶が苦手だった。脳が不具合を起こすからって」

「ええ。そう聞いていますが」

「散歩が趣味でしたか」

「はい」

「…………」

私は答えられなくなった。「そうです」と返すことはできた。春介から確かにそう聞いている。しかし言葉を発することができない。

この黒子の女性は、なぜ洋二郎についてそこまで詳しく知っているのか。好き嫌いだけでなくその理由まで把握しているのか。一方でなぜ名前を知らないのか。

「どうですか、違ってますか。教えてください」

彼女が何度も訊ねているのに気付いて、私はほとんど反射的に「そのとおりです。脳の不具合です」と答えていた。

「奥さんを事故で亡くされた？　息子さんが中学の時に」

駄目押しするかのように彼女が訊いた。

私は無言でうなずいた。

女性の顔がゆっくりと歪んだ。涙が両頬を伝い、顎から床へと落ちる。

「そう……死んではったんやね、ぱったり来なくなったと思たら……」

ハンカチで目元を拭(ぬぐ)い、鼻を押さえると、

「でも嬉(うれ)しいわ、こうやって知らせてくれてんから」

泣きながら満足そうな笑みを浮かべた。視線は式場に向けられていて、もう私など眼中にないようだった。よかった、ありがとう、と陶酔した顔で囁(ささや)いている。

心がざわざわと音を立てていた。頭が瞬時に仮説を組み立てる。

洋二郎はなぜ「ちゃんとした葬儀」を行おうと思ったのか。どうしてシェアスペースと「そよかぜ」を使わない、古い葬儀に固執したのか。

この女性に己の死を知らせるためだ。死んでなおこの女性に会うためだ。おそらくお互い名前はおろか、連絡先も知らないのだろう。それでいて深い仲ではあるのだろう。洋二郎の〝散歩〟はおそらく——

「失礼ですが、洋二郎さんとはどういったご関係ですか？」

問いかけながら顔を上げたが、既に女性の姿はなかった。式場に目を向けると、焼香の列に再び並び直す彼女の背中が見えた。

マイクで拡大された春介の声が響いた。

「本日はお忙しいところ足を運んでいただき、まことにありがとうございました」

式場に戻ると、祭壇の側で彼がマイクを手に話していた。

「馴染(なじ)みのない形式での葬儀告別式で、戸惑った方もいらっしゃるかと思います。こ

れは父のたっての希望でした。正直申し上げて、当初はなぜこんな無理難題を出すのかと首を捻りました。父が亡くなったら全部反故にしようか、そう思ったこともあります」

わずかに冗談めかした口調で言い、人々が控えめに笑う。

「今はやってよかったと思っています。私たち遺族は、故人に真正面から向き合いました。本日お集まりの皆様の多くは、たまたま近くにいた故人に思いを馳せ、悼んでくださいました」

人々がうなずく。新たな涙を流す者もいる。

私は撮影を再開していた。

「すみません、スタッフの方？」

背後から囁き声で呼びかけられ、私は振り返った。ぶかぶかのタキシードを着た小柄な青年が、申し訳なさそうな顔で立っていた。

「豊中マジックリースの者です。遅くなって申し訳ありません」

詫びながら傍らの台車を手で示す。台車にはユニットバスほどもある黒い箱が載っている。

「今ここで出しちゃってください」と私は小声で答えた。

「もう終わっちゃうんで、早く」

露骨に急かすと、青年は慌てて箱の天面を撫でた。赤いテキストと記号が次々と表示され、青年はそれらを素早く指で押していく。春介がスピーチを続けていた。

「どちらもシェアスペース葬儀では不可能です。すべてが外注され合理的効率的に処理される、紛い物の儀礼では絶対にできない。私たち家族だけでなく撮影班の皆様にも、そして世間の方々にも」

　涙ぐみながら片手を掲げると、彼は胸を張って言った。

「私たちが忘れてはならないことを、父は命と引き換えに教えてくれたのです」

　青年が「ＯＰＥＮ」の四文字を押した瞬間、箱の前面が勢いよく開いた。中からたくさんの白い影が弾丸のように飛び立ち、人々の頭上を舞い始める。

　鳩だった。

　三十羽の白い鳩が、けたたましく羽音を鳴らしながら式場を飛び回った。あちこちから歓声が上がり、遂に号泣する者まで現れる。

「そんな立派な父を、私は誇りに思います。ありがとう、父さん」

　春介が言い終えた瞬間、式場に拍手が轟いた。万雷の拍手という表現が相応しい、割れんばかりの音が響き渡る。

　絵琉が泣きじゃくりながら手を叩いている。勝平は誇らしげに父親を見つめている。春介の肩に一羽の鳩が止まった。どよめきとともに拍手の音が更に大きくなり、感極まった春介が立ったまま咽(むせ)び泣く。
黒子(ほくろ)の女性がちらりとこちらを向いたが、すぐ目を逸(そ)らした。
白い羽が舞い散る式場を、私は放心しながら撮り続けた。

〈参考・引用〉

『決定盤「NHKみんなのうた」ベスト』（ポニーキャニオン）
中村あゆみ『スーパーベスト・コレクション』（ワーナーミュージック・ジャパン）
『アニメホットウェーブ2』（バップ）
渡辺真知子『GOLDEN ☆ BEST』（Sony Music Direct）
B'z『B'z The Best "ULTRA Pleasure"』（VERMILLION RECORDS）
WANDS『Little Bit...』（ビーグラム）
「MALICE MIZER　Official Site」（www.malice-mizer.co.jp/）
金子修介監督『ガメラ3　邪神〈イリス〉覚醒』（角川映画）
清水崇監督『呪怨』（東映ビデオ）
ラーゲルリョーブ著・雪室俊一訳『ニルスのふしぎなたび』（学研・絵ものがたり）
町山智浩『〈映画の見方〉がわかる本　「2001年宇宙の旅」から「未知との遭遇」まで』（洋泉社）
柑出版社編集部『お墓とお葬式のすべて　この一冊でお墓・お葬式の「?」がわかる』（柑出版社）
洋泉社編集部・編『知っておきたい日本人のお葬式』（洋泉社）

瀧野隆浩著・長江曜子監修『これからの「葬儀」の話をしよう』（毎日新聞出版）
天祢涼『葬式組曲』（双葉文庫）
三浦みつる〈The♡かぼちゃワイン〉シリーズ（講談社）

解説

細谷正充

「ファミリーランド」を日本語に直訳するならば、「家族の国」になるだろう。しかし、澤村伊智のSF短篇集『ファミリーランド』は、ちょっと捻って、『絶望の国』にしたい。なぜなら本書に収録されているのは、家族の絶望の物語だからだ。

本書『ファミリーランド』は、「SFマガジン」二〇一七年六月号から二〇一八年十二月号にかけて断続的に掲載された五篇に、書き下ろし一篇を加え、二〇一九年七月、早川書房から単行本が刊行された。同年、第二回細谷正充賞を受賞。と、他人事みたいに書いてしまったが、私が受賞作を決める文学賞(まったく権威はないが、優れた作品を選んでいるという自信はある)だ。この賞の諸々に関しては長くなるので省くが、一度に五作選ぶので、そのうちの一冊は短篇集という思いがあった。だから、いろいろ読んでいるうちに本書と出会い、もうこれしかないでしょうと、すぐさま受賞作に決めたのである。そして、このようなコメントを書いた。

「作者はホラー小説の優れた書き手としてすでに高く評価されている。しかし、その地位に安住するつもりはないようだ。

今年、長篇ミステリー『予言の島』と、SF短篇集『ファミリーランド』を刊行し、自己の世界を広げているのである。その積極的な姿勢が頼もしい。

しかも作品の内容が凄かった。『予言の島』もよかったが、本書にはぶっ飛んだ。まず冒頭の「コンピューターお義母さん」だが、題材が嫁姑問題である。実にドメスティックだが、これが切れ味鋭く、さらにイヤな後味を堪能できる秀作になっている。

その他、デザイナーベビーが当たり前になった世界の絶望を巧みに表現した「翼の折れた金魚」や、宇宙人とのファーストコンタクトに卑近なオチが付く「今夜宇宙船の見える丘に」など、どれも読みごたえあり。

ひとりでも多くの人に、このイヤすぎる悪夢を体験してもらいたいのだ」

今回の引用に際して一ヵ所、表記を変えた単語があるが、内容は一緒である。基本的な評価はこれに述べたとおりだが、もう少し各作品について触れながら、その魅力を語ってみよう。まずは冒頭の「コンピューターお義母さん」だ。主人公の恵美は、夫の泰明と息子の健斗の三人暮らし。だが、関西の老人ホームにいる義母から、多大な干渉を受けている。ネットデバイスとアプリを駆使して、家のことを監視し、メールで恵美に連絡してくるのだ。母親の役割まで侵食され苛立つ恵美は、パート先（澤村作品でお馴染みの「くらしマート」）の佐川さんに愚痴を零してガス抜きをしている。しかしその愚痴まで見張られていたことが分かり、ついに堪忍袋の緒が切れた。激しい怒りに突き動かされた恵美は、老人ホームに向かうのだが……。

現代の少し先にあるかもしれないネット社会を構築して、作者が描き出すのは嫁姑の確執だ。このギャップにやられた。しかも恵美が老人ホームに向かってから、思いもかけない展開になる。パート仲間の佐川さんの扱いも巧い。それだけに、もしかしたら近い将来にあり得るかもしれない、恵美の絶望に慄いてしまうのである。

「翼の折れた金魚」は、トヤマ製薬が販売している「コキュニア」という薬により、金髪と青い目という外見を持ち、知能が劇的に高まった子供が生まれるようになった時代を舞台にしている。いわゆる、デザイナーベビーだ。「コキュニア」を使って生まれた子供は計画出産児、使わずに生まれてきた子供は無計画出産児（デキオ・デキコという蔑称が実に不快）と呼ばれ、無計画出産児に対する差別が強まっている。主人公の森村は小学校の教師だが、やはり無計画出産児に対する差別意識があった。しかし、さまざまな出来事により、森村の意識は揺さぶられる。

本作を読んで思い出したのが、グレッグ・ベアの短篇「姉妹たち」（『タンジェント』収録）であった。そちらの作品も学校を舞台にして、設計された学生と未加工の学生の確執が描かれているからだ。細谷正充賞の授賞式の控室で、作者にこのことを聞いたのだが、特に意識はしてないという。考えすぎであったか。ただ、この二作の読み味の差は象徴的だ。「姉妹たち」が前向きな終わり方をするのに対して、本作は、薄ぼんやりとした絶望の風景で終わる。もちろん国も時代も違うので、単純に比べることはできない。それでも私は本作の、やりきれないラストの方に親近感を覚える。なぜなら今の日本も、本作の無計画出産児のように、自分ではどうにもならない生まれによる格差が、露わになっているからだ。

「マリッジ・サバイバー」は、恵まれない少年期を経て、三十五歳になったサラリーマンが、結婚を考えて国内最大手のマッチングサイト「エニシ」に登録。妻も得て、新たな生活を始めるのだが、そこで自分が、相互監視が当たり前になった社会に適応していなかったことに気づく。現在もＧＰＳによって配偶者や子供の行動をチェックする人がいるそうだが、それが常識となった社会は、こんなにも息苦しいのか。追い詰められていく主人公の気持ちに共鳴してしまうが、これは私が旧世代の人間だからかもしれない。

「サヨナキが飛んだ日」は、自宅看護用小型飛行ロボット「サヨナキ」に依存する娘を、なんとかしようとする母親の苦悩が綴られる。お掃除ロボットが家庭にある時代である。このような看護用ロボットが実用化される時代を、この目で見られるかもしれない。そしてロボットに人間が依存することだって、あるのだろう。……と思わせて、作者は別の依存関係を見せつける。デビュー作『ぼぎわんが、来る』から始まる、「比嘉姉妹」シリーズでも、ホラーの中にミステリーの要素を入れてきた作者である。

本作でも、その手腕が堪能できるのだ。

「今夜宇宙船の見える丘に」は、介護問題とファーストコンタクトを組み合わせた、ユニークな作品だ。まず主人公とその父親を通じて、貧困家庭の介護の現状が描かれる。この介護のための「ケアフェーズ」が強烈だ。なんともいえない気持ちで読んでいると、宇宙船の来訪というビッグ・イベントが発生。なぜか宇宙人のメッセージを受け取った父親と共に、主人公はファーストコンタクトを迎える。

陰鬱な話に、ささやかな希望が訪れたかと思ったら、作者はとんでもないオチを付ける。一歩間違えればギャグになりかねないが、主人公とその父の姿と重ねることで、重いテーマを鮮やかに表現したのである。読みごたえ抜群の作品だ。だけど「ケアフェーズ」が実現する時代は、きてほしくないなあ。

ラストの「愛を語るより左記のとおり執り行おう」は、仕事も葬式もバーチャル空間で行うのが普通になった時代の物語。メタバースが順調に発展すれば、このような世界になるかもしれない。他の作品でもそうだが、現代と地続きの未来を創り出す、るのである。

作者の才能に脱帽だ。

ストーリーは、仕事を干されたドラマ・ディレクターが、昔ながらの葬式が行われることを知り、ドキュメンタリーとして撮影するというもの。そこで繰り広げられるドタバタ劇が読みどころだ。オチも含めて、苦笑いしながら、本を閉じることができるのである。

さて、以上六篇を読んで、あらためて感じたのが、作者の〝家族〟に対するこだわりだ。思えば、『ぼぎわんが、来る』で、早くも家族が重要なテーマとして扱われていた。『予言の島』や『邪教の子』でも、それぞれ違ったアプローチで、家族が題材になっている。ホラーから始まり、どんどん作品の領域を拡大している作者だが、一方で、自分の書きたいテーマを真摯に追求しているのだ。そして人間が人間である限り、どんなに科学が進歩しても、家族の問題はなくならないことを、本書の〝家族地獄六景〟が教えてくれるのである。

本書は、二〇一九年七月に早川書房より刊行された
単行本を加筆修正のうえ、文庫化したものです。

ファミリーランド

澤村伊智（さわむらいち）

角川ホラー文庫 23302

令和4年8月25日　初版発行

発行者———堀内大示
発　行———株式会社KADOKAWA
〒102-8177　東京都千代田区富士見2-13-3
電話 0570-002-301(ナビダイヤル)
印刷所———株式会社暁印刷
製本所———本間製本株式会社
装幀者———田島照久

●お問い合わせ
https://www.kadokawa.co.jp/ (「お問い合わせ」へお進みください)
※内容によっては、お答えできない場合があります。
※サポートは日本国内のみとさせていただきます。
※Japanese text only

ISBN978-4-04-112451-2　C0193

◇◇◇

角川文庫発刊に際して

角川源義

第二次世界大戦の敗北は、軍事力の敗北であった以上に、私たちの若い文化力の敗退であった。私たちの文化が戦争に対して如何に無力であり、単なるあだ花に過ぎなかったかを、私たちは身を以て体験し痛感した。西洋近代文化の摂取にとって、明治以後八十年の歳月は決して短かすぎたとは言えない。にもかかわらず、近代文化の伝統を確立し、自由な批判と柔軟な良識に富む文化層として自らを形成することに私たちは失敗して来た。そしてこれは、各層への文化の普及滲透を任務とする出版人の責任でもあった。

一九四五年以来、私たちは再び振出しに戻り、第一歩から踏み出すことを余儀なくされた。これは大きな不幸ではあるが、反面、これまでの混沌・未熟・歪曲の中にあった我が国の文化に秩序と確たる基礎を齎らすためには絶好の機会でもある。角川書店は、このような祖国の文化的危機にあたり、微力をも顧みず再建の礎石たるべき抱負と決意とをもって出発したが、ここに創立以来の念願を果すべく角川文庫を発刊する。これまで刊行されたあらゆる全集叢書文庫類の長所と短所とを検討し、古今東西の不朽の典籍を、良心的編集のもとに、廉価に、そして書架にふさわしい美本として、多くのひとびとに提供しようとする。しかし私たちは徒らに百科全書的な知識のジレッタントを作ることを目的とせず、あくまで祖国の文化に秩序と再建への道を示し、この文庫を角川書店の栄ある事業として、今後永久に継続発展せしめ、学芸と教養との殿堂として大成せんことを期したい。多くの読書子の愛情ある忠言と支持とによって、この希望と抱負とを完遂せしめられんことを願う。

一九四九年五月三日